浪人若さま 新見左近
決定版【七】
浅草の決闘

佐々木裕一

JN019962

双葉文庫

目次

徳《とく》川《がわ》家《いえ》宣《のぶ》

江戸幕府第六代将軍
寛文《かんぶん》二年（一六六二）〜正徳《しょうとく》二年（一七一二）

寛文二年（一六六二）四月、四代将軍徳川家綱《いえつな》の弟で、甲府《こうふ》藩主徳川綱重《つなしげ》の子として生まれる。綱重が正室を娶《めと》る前の誕生であったため、家臣新見正信《にいみまさのぶ》のもとで育てられる。

寛文十年（一六七〇）、九歳のときに認知され、綱重の嗣子《しし》となり、元服後、綱豊《つなとよ》と名乗る。延宝《えんぽう》六年（一六七八）の父綱重の逝去《せいきょ》を受け、十七歳で甲府藩主となる。将軍家綱が亡くなった際には、世継ぎとして候補に名があがったが、将軍の座には、叔父《おじ》の綱吉《つなよし》が就《つ》いた。

五代将軍綱吉も、嫡男《ちゃくなん》の早世《そうせい》や、長女鶴姫《つるひめ》の婿《むこ》である紀州《きしゅう》藩主徳川綱教《つなのり》の死去等で世継ぎに恵まれなかったため、宝永《ほうえい》元年（一七〇四）、綱豊が四十三歳のときに養嗣子となり、江戸城西ノ丸《にしのまる》に入り、名も家宣と改める。宝永六年（一七〇九）の綱吉の逝去にともない、四十八歳で第六代将軍に就任する。

将軍就任後は、生類憐《しょうるいあわれ》みの令をはじめとした、前政権で不評だった政策を次々と撤廃《てっぱい》。間部詮房《まなべあきふさ》を側用人《そばようにん》として重用し、新井白石《あらいはくせき》の案を採用するなど、困窮《こんきゅう》にあえぐ庶民のため、政治の刷新をはかり、万民に歓迎される。正徳二年（一七一二）、五十一歳で亡くなったため、治世は三年あまりとごく短いものであったが、徳川将軍十五代の中でも一、二を争う名君であったと評されている。

浪人若さま　新見左近　決定版【七】

浅草の決闘

第一話　父の罪

一

「おう、じゃあまたな。辻斬《つじぎ》りが出るから、明るい道を選んで気をつけて帰れよ」

仕事帰りに酒を飲んでいた職人風の男が、店先で仲間に言われて、わかったと手を挙げた。

「お前さんこそ、気をつけるんだぜ」

男は、とろんとした目つきで言うと背を返し、帰る方角を指差すと、もつれる足をなんとか操《あやつ》って歩み出した。

焦点《しょうてん》が定まらない目を前に向けて帰ろうとしているのだが、番屋《ばんや》の明かりを自分の家と間違えて、丸に番と入れられている腰高障子《こしだかしょうじ》を引き開けた。

中にいた十手《じって》持《も》ちの銀次《ぎんじ》が、また来やがったと言い、顔をしかめた。

「やい、三吉《さんきち》……てめえ、いつもいつも家と間違えやがって、いい加減にしねぇか」

怒鳴ったが、ここが家だと思い込んでいる三吉は、物も言わずに、土間に敷かれた筵《むしろ》に潜《もぐ》り込むと、丸まって眠りに就《つ》こうとした。

窮屈《きゆうくつ》そうに寝返りを打つ三吉に呆《あき》れた銀次が、瓶《かめ》の水を柄杓《ひしやく》ですくうと、顔に垂らした。

冷たい水に驚いて薄目を開けた三吉の目の前には、顔を斬られてざくろのような傷をさらした、女の死に顔があった。

「ぎゃあぁ」

悲鳴をあげて飛び起きた三吉は、足をばたつかせて土間の端に逃げると、居並ぶ役人に気づいて愕然《がくぜん》とした。

「おお、親分、こりゃいったい、どうしたことで？」

銀次に助けを求めると、頭をぴしりとたたかれた。

「酒を飲みすぎるなと、何度も言ってるだろうが」

三吉は番屋の中を見回した。

「いってえ、ここはどこで」

「寝ぼけやがって。番屋だよう」

「げっ！」

またやっちまったと反省していると、座敷から顔をのぞかせた同心《どうしん》に睨《にら》まれた。

「おい銀次、とっととつまみ出せ」

「へい、今すぐに」

厳しい顔つきをした同心に言われて、銀次が三吉の腕をつかんで追い出した。

突き離そうとする腕にしがみつき、三吉が訊《き》いた。

「親分、さっきの仏さんは、まさか……」

「おう、辻斬りにやられたのさ。大胆にも、お天道《てんと》様があるうちに出やがった」

「まだ若い娘に、ひどいことしやがる」

「辻斬りは、人と見りゃ斬る。今夜も出るかもしれねぇから、送ってやろう」

「とんでもねえ。すぐそこだから、大丈夫で」

「まだ酔っているようだが、ほんとうに大丈夫かい」

「いつものことですんで」

「そうかい。それじゃ、旦那方がお待ちだから、おれは引っ込むからな。まっすぐ帰るんだぜ」

銀次はそう言って、番屋に戻った。

三吉は、夜風に身震いして印半纏《しるしばんてん》の袖《そで》を引き伸ばすと、背を丸めて家路を急いだ。だが、酔いがさめたといっても、身体から酒が抜けるはずもなく、少し走れば酔いが回り、息切れがした。

目が回って、路地の板塀に寄りかかると、

「ああ、だめだ。飲みすぎた」

言うなり、ずるずると地べたに座り、足を投げ出してうとうとしはじめた。

野良犬が歩み寄り、頰《ほお》を舐《な》めたのだが、

「よさねぇかい」

女房にせがまれている夢でも見ているのか、嬉しげな顔で言う。

近づく気配に犬が逃げると、寒空の下で眠っている三吉の顔に、人影が差した。

頭巾《ずきん》を着けた曲者《くせもの》は、あたりを見回すと、刀の鯉口《こいぐち》を静かに切り、抜刀《ばっとう》した。ぎらりと刃《やいば》をひるがえし、切っ先を頭上に振り上げるや、嬉々《きき》とした目を見開いた。

頭を幹竹割《からたけわ》りに斬ろうとした時、三吉が目を開けた。

悲鳴をあげるのと、刀が振り下ろされるのが同時だった。

人を斬る感触を味わった曲者は、頭巾の中で顔を歪《ゆが》めて笑みを浮かべると、ぐったりと倒れた骸《むくろ》の半纏で血を拭《ぬぐ》い、刀を鞘《さや》に納《おさ》めた。

「やい！」

声を発したのは、悲鳴を聞いてやってきた銀次だった。

銀次は、奉行所に戻る同心たちを見送って外に出ていた時に悲鳴を聞き、いち早く駆けつけたのだが、遅かった。

三吉の無惨《むざん》な姿をちらりと見ると、悔しさに唇《くちびる》を嚙《か》み、十手を向けた。

「てめえ、辻斬りだな」

曲者は無言で正面を向き、刀に手をかけた。抜刀しようとしたが、銀次の背後から同心が姿を見せると、きびすを返して逃げ去った。

「旦那、辻斬りだ」

銀次はそう言うと、同心と共にあとを追った。

「銀次、呼子《よびこ》だ」

「がってんだ」

同心に言われて、銀次は立ち止まり、空に向けて呼子を吹き鳴らした。

同心が、辻斬りを追って店の角を曲がった刹那《せつな》、

「ぐえぇ！」

という悲鳴をあげて、身を反《そ》らせた。

同心は、鮮血で染めた顔をこちらに向け、逃げようとした。その背後から袈裟《けさ》懸《が》けに斬られて呻《うめ》き声をあげたが、力を振り絞《しぼ》って抜刀し、辻斬りに向いた。

辻斬りは、振り向いた同心の腹に刀を突き入れ、とどめを刺した。

「旦那！」

銀次が叫ぶと、同心は断末魔《だんまつま》の声をあげながら辻斬りにしがみつき、頭巾を剝《は》ぎ取った。

辻斬りは、無紋《むもん》の羽織《はおり》を浪人風に着けていたが、月代《さかやき》をきれいに整えた侍だった。

顔を見られた辻斬りは、同心の腹から刀を抜くと、銀次に猛然と迫ってくる。

銀次は、十手を向けて対抗した。

斬り下ろされる刀を十手で払ったが、激しく身体を当てられて、尻餅《しりもち》をついた。

「この野郎！」

十手を向け、左手ににぎった砂を投げると、辻斬りが怯《ひる》んだ。

銀次はその隙《すき》に、背を返して逃げようとしたのだが、

「むんっ！」

袈裟懸けに振るわれた切っ先が、背中を斬った。

「うわっ」

声をあげ、激痛に顔を歪めて突っ伏した背後で、辻斬りが刀の切っ先を下に向け、とどめを刺そうとした。

そこへ、呼子を聞いた他の同心たちが駆けつけてきたので、辻斬りはとどめを刺すのをあきらめ、逃げ去った。

「銀次！」

同心の一人が声をかけると、銀次は薄目を開け、辻斬りが逃げた方角を指差した。

「あっしのことより、げ、下手人《げしゅにん》を」

「よし。誰か、銀次を見てやれ」

同心は番屋の者二人に命じると、他の者たちと辻斬りを追った。

「しっかりしろ、すぐ医者に診《み》せてやる」

銀次は、傷を気遣《きづか》う者の手をにぎり、

「ち、近くに、岩城《いわき》道場が」

そう言うと、気を失った。

「親分！」

番屋の者が声をかけたが、銀次は返事をしない。

仲間に戸板を持ってこさせると、うつ伏せに寝かせて、急いで運んだ。

すでに寝床に入っていた岩城泰徳《やすのり》は、表が騒がしくなったので目をさまし、半身を起こした。

隣で眠っていた妻のお滝《たき》も起き上がり、

「何ごとでしょうか」

半纏に袖を通しながら言い、表に行こうとした。

「待ちなさい。わたしが見てこよう」

尋常ではないことを悟《さと》り、泰徳は表に出た。

門の外から、開けてくれ、と叫ぶ声がしている。

「誰だ！」

「番屋の者でございます。深川《ふかがわ》の銀次親分が深手《ふかで》を負われたので、お助け願います」

「何、銀次が」

深川の銀次は岩城道場に通っており、泰徳の弟子だった。

その弟子が深手を負ったと聞き、泰徳は慌《あわ》てて潜《くぐ》り門《もん》を開けた。

戸板に乗せられた銀次に手燭《てしょく》の明かりを向けると、顔から血の気が失《う》せている。

「いかん。すぐに運びなさい」

門扉《もんぴ》を開けて招き入れた。

戸板を持つのをかわり、一人を医者に走らせると、部屋に運び入れ、血止めをこころみた。

幸い、傷は骨に達していないようだったが、出血がひどい。

「あなた、これをお使いなさい」

お滝が気を利かせて、晒《さらし》を持ってきた。

それを傷口に当てて押さえると、銀次が微《かす》かに呻き声をあげた。

「銀次、気をしっかり持て」

励《はげ》ましながら傷を押さえていると、番屋の者が医者を引っ張ってきた。

「先生、背中を斬られて血が止まらん。なんとかしてくれ」

泰徳が言うと、老医者は目を細めて傷を眺《なが》めた。

「血の筋は切れておらぬようだ」

そう言うと、斬り割られた皮膚を引き寄せて、血止めの薬を塗った布を貼った。

血はすぐには止まらなかったが、何度も布を取り替えるうちに少なくなり、なんとか止まってくれた。

老医者は、泰徳に手伝わせて傷が開かぬよう晒をきつく巻き、治療を終えた。

おかげで命は取り留《と》めたが、出血が多かったせいで、銀次の容体《ようだい》は予断を許さなかった。

「とりあえず、朝まで命が持てば、安心でしょう」

番屋の者がどこから連れてきたのか知らぬが、老医者は、眠そうな目を擦《こす》りながら言い、泰徳を不安にさせた。

それでも、朝まで診てやると言うので、この医者にすがった泰徳は、番屋の者に顔を向け、何があったのかを訊いた。

「辻斬りでございます」

同心が一人斬られたことも知った泰徳は、

「これで六人目か……」

そう言うと、ため息をついた。

ここ三月《みつき》のあいだに、深川と本所《ほんじょ》ばかりで起きている辻斬りのことは、銀次の口から泰徳の耳にも入っていた。

町役人《ちょうやくにん》たちは、早い解決を奉行所に願い出ているのだが、探索に本腰を入れられてはいない。

殺された者が夜鷹《よたか》か無宿人《むしゅくにん》ばかりだというのは建前で、斬られた傷口から、未熟ではあるが多少なりとも剣の心得がある者の仕業《しわざ》だと判断され、下手人は武家ではないかと推測されたからだ。

相手が旗本なら厄介《やっかい》だと、町奉行所は、夜の外出を控えるようにとのお達しを出し、辻斬りが自然に収まるのを待っているのである。

「夜に出歩く者が悪いとは、情けない限りで」

銀次は稽古《けいこ》に来ては、泰徳に不平を漏らしていた。

その銀次が斬られた姿に、泰徳は憤《いきどお》り、にぎった拳《こぶし》に力を込めた。

「同心と御用聞《ごようき》きが斬られては、奉行所の面目は丸潰れだな。これで、本腰を入れてくれるといいが」

泰徳が言うと、番屋の者は目を伏せ、医者は口をへの字にしてうなずき、銀次の様子に見入っている。

この夜の失態はすぐさま広まり、翌日には、将軍徳川綱吉《とくがわつなよし》の耳に届いた。

将軍家直参《じきさん》の旗本や御家人たちも暮らす町で辻斬りが起こり、三月ものあいだ捕らえられていないばかりか、町方同心が斬られたことに立腹した綱吉は、町奉行を呼びつけた。

ことに、月番であった北町奉行《きたまちぶぎょう》に対する責めは厳しく、

「不埒者《ふらちもの》を即刻捕らえよ！」

扇子《せんす》を打ち鳴らして、厳命した。

北町奉行は、

「おそれながら」

と頭を下げ、辻斬りが旗本か御家人の仕業である可能性を示唆《しさ》した。

南町奉行《みなみまちぶぎょう》も巻き込み、これまで遠慮していたのだと言い、頭を下げたのである。

辻斬りがやまぬのを目付《めつけ》のせいにしようとする北町奉行を睨んだ綱吉は、ふたたび扇子を打ち鳴らした。

「そのようなことは、不埒者を捕らえてから心配せい！」

「ははあ」

将軍を激怒させた北町奉行は恐れおののき、ひと月以内に下手人を捕らえると

口を滑らせてしまい、急いで奉行所に戻った。

そして、与力《よりき》と同心全員を集め、北町奉行所の威信にかけて、辻斬りを捕らえるよう厳命した。

この奉行の言葉に、密《ひそ》かに顔をしかめる者がいた。

北町奉行所与力、坂上広重《さかがみひろしげ》である。

奉行の厳命に頭を下げた坂上は、同心たちに探索の強化を命じて送り出すと、自身も両国橋《りょうごくばし》を渡ったのだが、同心たちとは別の道を行き、本所へ足を向けた。

そして、ある屋敷の前を通りかかると、さりげない仕草で門番に目顔を向けて、通り過ぎた。

目顔を向けられた門番は、与力を見もせずに相方に小用《こよう》を告げると、潜り門から中に入った。

この時にはもう、坂上は裏口に向かっている。

そして、木戸が引き開けられると、あたりに人の目がないのを確かめて、吸い込まれるように入っていった。

二

屋敷に入った坂上を迎えたのは、二千石旗本、藤堂対馬守《とうどうつしまのかみ》の用人《ようにん》、黒岩景勇《くろいわかげゆう》だ。

忠義者である黒岩は、町方与力の坂上を丁重《ていちょう》に扱い、腰を低くして屋敷の部屋へ案内すると、上座を促《うなが》した。

いつものことであるため、坂上は遠慮せずに上座へ向かい、茵《しとね》に座ると、黒岩に厳しい目を向けた。

「対馬守殿の調子はいかがか」

「はい。相変わらず、よくもならず、悪くもなりませぬ」

「それでは、会って話をしても大丈夫だな」

「その前に、茶でもいかがですか」

「よい。暇《ひま》がないのでな」

「では、ご案内を」

黒岩が先に立ち、坂上は、対馬守の寝所に向かった。

病床に臥《ふ》していた対馬守は、坂上が顔を見せると、起き上がろうとした。

「あいや、そのまま」

坂上が止めて横に座り、友の顔を見つめた。

胸を患《わずら》う対馬守の顔は青白く、唇は白く乾《かわ》いている。血を吐いたのか、坂上に笑みを見せた唇の奥は赤く、歯の付け根にも、血が残っていた。

「具合はどうだ、又十郎《またじゅうろう》」

剣術を同じ師に学んだ坂上が遠慮のない口調で言うと、

「見てのとおり、あの世からのお迎えを待っておる」

対馬守が言い、軽く咳《せき》をした。

辛《つら》そうな息を整え、坂上に顔を向けて訊いた。

「この顔を見に来たのではあるまい。今日は、なんの用だ」

「決まっておろう。昨夜のことだ」

坂上が言うと、対馬守が黒岩を睨んだ。

「また、やりおったか」

「申しわけ、ございませぬ」

黒岩が、黙っていたことを詫《わ》びて平伏《へいふく》した。

「聞いておらぬのか」

坂上が問うと、対馬守が顔を向けた。

「どうせまた、夜鷹を斬ったのであろう」

「昨夜斬ったのは、女郎《じょろう》や無宿者ではない。職人と、わしの配下の同心、そして、目明《めあ》かしを斬りおった」

「なんと」

「それだけではない。昨日のことが、上様のお耳に届いた。ひどく責められたお奉行は焦《あせ》っておられ、北町の威信をかけての探索がはじまった……。こうなっては、かばいきれぬ」

対馬守は、心痛に顔を歪めた。

「息子がああなってしもうたのは、わしのせいだ。母を早くに亡くした息子が哀《あわ》れになり、甘やかしすぎた」

「当分のあいだ、いや、これから先、ずっとおとなしくしておらねば、この家はどうなるかわからぬぞ」

「あいわかった。わしからも、きつく申しつけておく」

対馬守がそう言った時、襖《ふすま》を開けて、息子の静馬《しずま》が入ってきた。病床の枕元に座り、今にも泣きそうな顔をして言った。

「父上、斬り損じた岡《おか》っ引《ぴ》きに、顔を見られてしまいました」

「何」

驚いた対馬守が、事実を確かめるために、坂上を見た。

坂上も、銀次という岡っ引きが斬られたことは同心たちから報告を受けていたが、顔を見たというのは、初耳だった。

「はっきり、見られたのか」

そう訊くと、静馬がうなずいた。

「同心に頭巾を取られた時にいた岡っ引きを斬り、とどめを刺そうとしたのですが、邪魔が入ったので逃げました……あの岡っ引きは、生きているのですか」

「うむ」

坂上がうなずくと、静馬は放心状態になった。

その静馬にかわって、黒岩が言った。

「坂上殿、このままでは、若に探索の手が伸びるのではないですか」

「目明かしは、土地の者の顔をよく覚えているものだ。中には、本所の武家まで頭に入っている者もいる。顔を見られたのであれば、斬ったのは藤堂家の息子だと証言するかもしれぬぞ」

「なんとか、なりませぬか」

黒岩にすがるように言われて、坂上は腕組みをした。

「できぬことはないが……」

考え込んでいると、対馬守に命じられた黒岩が、金百両を差し出した。

「坂上殿、これで、手を打っていただきたい」

じろりと黒岩を睨んだ坂上が、黙って包金《つつみがね》をわしづかみにして、懐《ふところ》に押し込んだ。

「なんとかしてみよう」

「おお、かたじけのうございます」

頭を下げる黒岩を一瞥《いちべつ》した坂上は、静馬を睨んだ。

「辻斬りをやめると、約束できるか」

すると、静馬はおもしろくなさそうな顔つきをした。

「辻斬りではない、世直しです。男を騙《だま》す夜鷹と、人を傷つける恐れのある無宿人を斬っていたのです。世のためにしたこと」

「では、同心が何をしたというのだ」

「あの者は、偉そうに町を歩き、大店《おおだな》に立ち寄っては、袖の下を求めるたかりのような同心です」

静馬は決めつけて言うが、己を正当化するためについた嘘《うそ》であることは、疑う余地がない。

「若……」

情けなさそうに眉根《まゆね》を下げた黒岩に、静馬は反抗的な目を向けた。

「わしは、悪いことはしていない」

そう言うと、坂上に目を転じた。

「百両払うのだ。うまく揉《も》み消してくだされ」

命令するように言うと、静馬はその場から逃げるように立ち去った。

ため息をつく黒岩と、息子に対する怒りによってひどく咳《せ》き込む友に哀れみの目を向けた坂上は、馬鹿息子の尻拭いをすべく、立ち上がった。

「又十郎、それがしにすべてまかせて、安心して養生《ようじょう》するがいい。息子もこの家も、必ず守ってやる」

「よろしく頼む」

頭を下げる対馬守にうなずき、坂上は部屋を出た。

裏口から路地に顔をのぞかせた門番が、誰もいないことを告げると、坂上は外に歩み出て、武家屋敷が並ぶ道を右に曲がった。

向から先は、石原町《いしわらちょう》の岩城道場だが、その前に、重い懐を軽くしなければならない。

百両の重みを確かめた坂上は、友の息子の出来の悪さにため息をつき、続いて、金に目がくらみ、悪事に手を染めている己に顔をしかめた。

これまで坂上は、静馬が悪事を働くたびに大金を受け取り、罪を揉み消していたのである。

その総額は、ざっと千両にもなる。

友の頼みを断りきれなかったこともあるのだが、金に目がくらんだのも、確かだ。

江戸市中の治安を守る町奉行所にあって、与力として配下を束《たば》ねる身でありながら悪事に手を染めてしまったことを、坂上は後悔しはじめていた。

だが、懐にある金の重みの誘惑に勝つことは、今日もできなかった。

坂上は、銀次が寝込んでいる岩城道場に行くのは後回しにして、深川の妾宅《しょうたく》に行くと、百両の金をすべて妾《めかけ》に渡し、喜ぶ女を思うさま抱いた。

北町奉行所与力の家に生まれた坂上は、良家から妻をもらい、跡取り息子にも恵まれた。

十八歳になる息子の慎太郎《しんたろう》は、母親の躾《しつけ》が厳しかったこともあり、侍として立派に育ってくれている。妻にも息子にもなんの不満もない坂上であるが、妾を囲うようになったのは、思わぬ大金をつかんだせいで、魔が差したと言うべきか。

今は、金の重みと、女の魅力の虜《とりこ》になっていたのだ。

夕暮れ時になって、坂上は百両分の仕事を果たすために、妾宅を出た。

石原町の岩城道場を訪れると、今日の稽古は終わったらしく、門人《もんじん》たちは退《ひ》けていた。

下男に北町奉行所の与力であることを告げて中に入ると、道場主の岩城泰徳が出てきた。

「辻斬りのことで、深川の銀次に二、三問いたいことがある。会わせていただくぞ」

有無を言わさぬ高圧的な態度で言うと、岩城泰徳は、

「どうぞ、お入りください」

剣客らしく冷静な態度で応じた。

母屋《おもや》の一室に通された坂上は、こころの中で舌打ちをした。配下の同心である笹間《ささま》が、銀次のそばに座っていたからだ。

「これは、坂上様」

与力のお出ましに驚いた笹間が、頭を下げた。

坂上は笑みで応じて、

「この者は、おぬしの目明かしだったか」

今知ったような顔で言い、銀次の枕元に座った。

「どうじゃ。助かるのか」

すると、笹間は表情を曇らせた。

「それが、ずっと眠ったままなのです。医者が申しますには、かなりの血を失っているそうなので、目を離せぬとか」

「では、斬った者のことは、何もわかってはおらぬのか」

「銀次を運んだ番屋の者が申しますには、斬ったのは侍だと」

「それだけでは手がかりにならぬ。もっとはっきりとした証《あかし》はないのか」

「残念ながら」

笹間は、かぶりを振った。

「銀次が目をさますのを待つしかないかと……」

「だが、血を多く失っているなら、油断できぬな。しばらくわしがおるから、お前は今のうちに休んでこい」

「坂上様のお手をわずらわせるなど、滅相《めっそう》もないことで。わたしが朝までついております」

「疲れていたのでは、銀次が下手人のことをしゃべった時に動けぬぞ。遠慮などせず、今のうちに休んでおけ」

「しかし……」

「遠慮するな。さ、行け」

「では、一刻（約二時間）ほど、お言葉に甘えさせていただきます」

「それだけでよいのか」

「はい。十分でございます」

「うむ」

坂上は笹間にうなずくと、うつ伏せに眠る銀次の様子をうかがった。そして、膝《ひざ》を転じると、泰徳に頭を下げた。

「岩城殿には、ご迷惑をおかけいたす」

「この者はわたしの弟子。迷惑などではございませぬ」

坂上は驚いた。

「剣術を習っておりましたか」

「はい」

「運び込まれた時から、意識がなかったのですか」

「そうです」

「なんとか、目をさましてくれるとよいのですが」

坂上は案じるふりをして言うと、銀次の顔をのぞき込んだ。

「どうぞ、楽にしてください。今、夕餉《ゆうげ》の支度をさせますので」

「あいや、お構いなく」

「どうぞ、ご遠慮なさらずに」

泰徳はそう言うと、部屋から出ていった。

障子が閉められると、坂上の目つきが変わり、銀次を見た。

うつ伏せに寝ている銀次の呼吸は弱々しく、息の根を止めるのは容易《たやす》いように思えた。

さっと目をめぐらせて、障子と襖の向こうの気配を探った坂上は、銀次の鼻と口を塞《ふさ》ぐため顔に手を伸ばしたのだが、足音がしたので手を引いた。

戻ってきた泰徳は、酒肴《しゅこう》を載せた盆を置き、

「寒いので温まりましょう」

　杯《さかずき》を渡し、酒をすすめた。

「かたじけない」

　坂上は酌《しゃく》を受けたのだが、泰徳にじっと見つめられていることに気づき、内心動揺した。

「汗をかいておられるが、いかがされました」

　訊かれて、はっとして額《ひたい》を拭った。

「これは、お恥ずかしい。それがし、実は剣術が苦手でしてな。貴殿ほどの遣《つか》い手《て》を前にすると、どうもこう、緊張してしまうのです」

　苦笑いをしてごまかすと、泰徳がふっと笑みを浮かべ、酒をすすめた。

　坂上は杯を干し、ふたたび酌を受けると、泰徳にもすすめた。

　三杯目は、もう十分だと言って断り、泰徳に訊いた。

「岩城殿は、どう思われる」

「辻斬りのことですか」

「はい」

　泰徳は杯を置き、膝に両手を置いた。

「傷口から見て、剣の腕は二流。同心が不覚を取られたのは、おそらく、不意打ちを受けたのでしょう。人を斬ることに快楽を求める手合いかと存ずる。このままでは、さらなる犠牲者が出ましょう。近頃は控えておりましたが、今宵《こよい》からは、それがしも夜廻りをいたします」

「あいや、それには及びませぬ。辻斬りは必ず、我らが捕まえてみせます」

泰徳に鋭い目を向けられて、坂上は目を伏せた。

「と、申しても、神出鬼没の相手を見つけるのは容易なことではない。手がかりは、ただひとつ。銀次が目をさましてくれるのを祈ります」

泰徳と二人で夕餉をすませた頃に、同心の笹間が戻ってきた。

笹間は、自分が見ていると言ったのだが、坂上は帰らずに、朝まで付き合うと申し出た。

「唯一の手がかりゆえ、二人で看病しようではないか。今宵の見廻りは、他の者にまかせておけばよい。明日の朝にはきっと目をさますゆえ、忙しくなるぞ。岩城殿は、明日も稽古がありましょうから、ゆるりとお休みください」

そう言って、坂上は泊まり込んだ。

泰徳は、奉行所の人間と思って安心し、自分の寝所に入ったのだが、異変は翌朝に起こった。

　朝になると、銀次が死んでいたのだ。

　うたた寝をしてしまった笹間が、

「おい、起きろ！」

　慌てた声に飛び起きると、坂上が、銀次の首筋に手を当てていた。

「どうしたのです」

「たった今、息を引き取った」

「なんと！」

「急に苦しみだしたのだが、銀次は死ぬ間際に、重要なことを教えてくれた。お前が見込んだとおり、たいした目明かしだ」

「下手人のことを言ったのですか」

「そうだ。辻斬りをしていたのは、深川の富波長屋《とばながや》に住む浪人、山科新兵衛《やましなしんべえ》だ」

「山科が」

「知っているのか」

「はい。名うての悪党です」

「よし。すぐに人を集めて、捕縛《ほばく》しろ」

「わかりました」

坂上と笹間の声を聞いて、泰徳が部屋に来た。

「どうしたのです！」

「たった今、息を引き取りました」

笹間が言うと、泰徳は慌てて銀次の首に触れたが、死んでいることに落胆した。

「そんな馬鹿な……医者は、命を取り留めたと言ったのだぞ」

「急に苦しみだしたのだ」

坂上が、血を多く失ったことで心の臓が止まったのではないか、と続けた。

泰徳が弟子の死を悲しむと、

「銀次は、今わの際に下手人の名を告げたそうです。今から、そ奴を捕らえに行きます」

笹間は、目に涙を浮かべて泰徳に礼を言うと、山科を捕縛しに走った。

坂上は膝を転じて、泰徳に言った。

「岩城殿、銀次を引き取りに人を来させますので、それまで、よろしくお願い申します」

「かしこまりました」

坂上は頭を下げると、部屋を出て、表の潜り門から外に出た。

深川に足を向けた坂上は、銀次の息の根を止めた手を見ると、辛そうに目を閉じ、すぐに鋭い目を開けた。

十手に手をかけた坂上は、身代わりとして目星をつけていた浪人者を捕らえるべく、深川に急いだ。

三

浪人山科新兵衛の捕縛は、容易ではなかった。

身に覚えのないことだと抵抗した山科は、捕縛しようとした同心の腕を斬り、小者数名に傷を負わせて長屋から逃走したのだが、用意周到に配置されていた捕り方に追い詰められ、梯子《はしご》で囲まれた。

逃げ場を失った山科は、刀を振るって抵抗した。

捕り方数名が突棒《つくぼう》で応戦し、着物の袖を搦《から》めて山科の動きを封じると、最後は、笹間が十手で頭を打ち、取り押さえた。

将軍綱吉の関心も寄せられているため、辻斬りの下手人として捕らえられた山科の処分は早かった。

与力の坂上が、岡っ引きの銀次が今わの際に名を告げたと証言したことが動かぬ証拠とされ、山科は、たいした詮議《せんぎ》も受けぬまま、捕らえられた翌日に斬首されたのだ。

このことは、将軍綱吉の耳に届き、城から戻った北町奉行は、

「上様直々《じきじき》のお褒《ほ》めの言葉を頂戴《ちょうだい》した」

などと上機嫌で言った。

坂上と笹間をはじめ、山科を捕らえた者たちに金一封を出すと、一番の功労者として銀次の名を挙げ、供養代《くようだい》として五両を出した。

事件が解決したと思っている同心たちには笑みが見えたが、銀次を失った笹間は、悲しそうな顔をしている。

坂上は、笹間の肩をたたいて励ますと、自分がもらった金一封を、供養代の足しにしてくれと言って手渡した。

銀次を己の手で殺した引け目が、そうさせたのだ。

「皆、ご苦労だった。ゆっくり休んでくれ」

配下の同心たちに声をかけると、坂上は浮かぬ顔をして奉行所を出て、八丁《はっちょう》堀《ぼり》の自宅へ帰った。

妻に手柄を褒められ、ねぎらわれたが、

「人が死んだのだ。喜ぶ奴があるか」

妻の明るい顔がこころに突き刺さり、坂上は、つい声を荒らげた。

申しわけないとあやまる妻を見下ろし、

「いや、すまん、言いすぎた。疲れたので、もう休む」

まだ日が落ちて間がないというのに、坂上は自室に引っ込むと、障子と襖を閉めて籠《こ》もった。

その様子を見ていた息子の慎太郎は、母親に言った。

「母上、父上は近頃、様子が変だと思いませぬか」

すると母親は、不安の表情を慌てて打ち消し、

「そのようなことはありませんよ。さ、夕餉にしましょう」

笑みを作って言うと、下女に声をかけて、台所に行った。

結局、坂上はこの夜、家族の前に姿を見せなかった。

金に目がくらみ、してしまったことへの後悔と恐怖に苦しんでいたのだ。

そんな坂上のところに、奉行所から急な知らせが来たのは、朝方だった。

使いの者が、門から飛び込むようにして中に入ると、坂上の寝所がある庭に来

るなり、

「た、大変です。また、辻斬りが」

と、息も絶《た》え絶《だ》えに告げる。

「何！」

――静馬め。

またやったのかと思い、顔面蒼白《そうはく》となった坂上は、急いで支度を整えると、奉行所に走った。

到着すると、すでに奉行は待っており、

「坂上！　これはどうしたことじゃ！」

顔を見るなり怒鳴った。

坂上が部屋の入口で平身低頭《へいしんていとう》すると、奉行は閉じた扇子を打ち鳴らし、歩み寄ってきた。

怒りに満ちた顔で坂上を見下ろすと、口を歪めて言う。

「処刑した浪人は、人違いか！」

「いえ、辻斬りに間違いございませぬ」

「では、こたびのことをなんと申し開きいたす！」

「おそれながら、斬られたのは何者でしょうか」

聞けば、深川で蜆《しじみ》の棒手振《ぼてふ》りが斬られたとのことだった。

女郎と無宿者でなかったことが、坂上の気持ちを落ち着かせた。

「お奉行、狙われた者が以前とは違います。おそらく、新手の辻斬りかと推測されます」

奉行に言いつつ、坂上は、別人であってくれと、祈っていた。

「新手じゃと」

「はい。山科新兵衛が斬首されたことを知らずに、手口を真似《まね》たものと思われます」

「そのような言いわけが、上様に通ると思うておるのか」

「言いわけではございませぬ。山科の罪は明白。こたびは、新たな辻斬りかと思われます」

「ならば、すぐに捕らえよ。南町に月番が替わる前にだ、よいな！」

「ははあ」

奉行から厳命された坂上は、馬を馳《は》せて大川《おおかわ》の対岸に向かった。

斬られた者の骸《むくろ》は、両国橋の袂《たもと》に置かれた自身番《じしんばん》に運び込まれており、先に来ていた宿直《とのい》の同心に迎えられた坂上は、報告に耳を疑った。刀傷を見る限り、これまでの辻斬りと同一の者の犯行だと、はっきり言われたのだ。

「そのようなはずはない」

——辻斬りをやめるよう約束したのだ！

こころの中で叫ぶと、坂上は骸にかけられた筵を取った。

斬り割られた頭を目にした途端、坂上は目まいがした。

剣の腕が悪いため、斬り口がすっぱりと割れておらず、波打ったようになっている。静馬の仕業に違いなかった。

だが、そのことを認めるわけにはいかない。

「刀傷だけで判断するのは、浅はかな考えだ。よいか、昨日までのことは頭から捨て、一から洗いなおせ」

「はは」

遅れて駆けつけた笹間が、骸を見るなり、坂上に鋭い目を向けてきた。

「坂上様、これはどういうことですか」

「案ずるな。これは新手の仕業だ」

「しかし――」

「よいか、皆の者。辻斬りは、もう一人いる。手分けして、目撃した者を捜せ」

皆を叱《しか》るようにして探索に走らせると、坂上は沈痛《ちんつう》な面持《おもも》ちで肩を落とし、番屋の外に出た。

目立つので馬には乗らず、足を藤堂家のほうに向けたのだが、思いとどまった。己の手を汚してまでかばってやったのに、罪もない者を斬り続ける静馬に、怒りが込み上げてきたのだ。

向こうが泣きついてくるまで放っておくことにして、坂上はきびすを返した。探索の手が迫れば、静馬は恐怖に泣き叫ぶはず。追い詰められれば、辻斬りをやめるはずだと思ったのだ。

この日の探索を終えた同心たちは、疲れた顔で奉行所に戻ってきた。

一日中駆けずり回って、何ひとつ有力な情報は得られなかったようだ。

最後に戻った笹間が、斬られた蜆売りの素性《すじょう》を明かした時、同心たちの顔に、怒りがにじんだ。

蜆売りの若者は、病気の父親にかわって一家を背負い、母親と三人の兄弟を食わせていたのだ。その大黒柱を失った家族のことを思うと、坂上は胸が締めつけられた。

「笹間、その蜆売りは、どこの者だ」

訊かずにはいられなかった。

「深川熊井町《ふかがわくまいちょう》の、ひょうたん長屋です」

「熊井町のひょうたん長屋だな」

坂上は復唱《ふくしょう》すると、今日は帰ると告げて、奉行所を出た。

大川を渡る頃にはすっかり日が暮れていて、深川の色町《いろまち》には妖《あや》しい明かりが灯《とも》っている。

坂上は色町を抜けて、町家が並ぶ静かな通りに行くと、格子戸《こうしど》を開けて、妾宅に入った。

声もかけずに表の腰高障子を開けて家の中に入り、廊下に上がって居間に行くと、妾の姿はなかった。

気配は、隣の臥所《ふしど》にある。

鋭い目を向けた坂上が襖を開けると、行灯《あんどん》の薄明かりの中でもつれ合う男女の姿があった。

あっと声をあげた男が慌てて離れたが、坂上は冷静だった。

夜着《よぎ》で身体を隠す妾に、

「先日渡した百両を出してくれ」

男など目に入っていない様子で言うと、

「あい」

妾は、坂上の落ち着きぶりを見て恐ろしくなり、慌てて手箱から包金を出した。

だが、七十五両分しかない。

「足りぬな」

そう言うと、男が脱ぎ捨てた自分の着物の袖から、二十五両の包金ひとつを出し、坂上の前に置いた。

妾は、坂上が来ないとわかっている日は若い男を連れ込み、金まで渡していたのだ。

百両の包金を懐に押し込んだ坂上は、

「邪魔をした」

妾に言うと、臥所から出た。

男は、坂上がおとなしく帰ったのでほっと胸をなでおろし、しばらく放心していた。

妾はというと、肌着をまとい、坂上を追って出た。金蔓《かねづる》が逃げてしまうと思ったのか、声をかけようとしたのだが、坂上の後ろ姿は、それを許さなかった。

妾宅を出た坂上は、その足で本所に向かい、藤堂家に入った。

裏からではなく、堂々と表から入ると、応対した用人の黒岩の前に、百両を置いた。

「これは返す」

「どういうことです」

「それはわしが訊きたい。せっかく身代わりを立てて落着させたというのに、翌日辻斬りをするというのはどういうことだ」

「そ、それは……」

「お前では話にならん。又十郎に会う」

立ち上がる坂上に、黒岩が頭を下げた。

「坂上殿、そのことは、どうかご勘弁を。殿はご存じないのです」

「ええい、どけい」

「お待ちを、殿は今朝、大量の血を吐かれたのです」

「何」

「今は眠っておられますので、どうか今日のところは、お引き取りを」

黒岩はそう言って百両を差し出したが、坂上は受け取らなかった。

「会えぬならば、おぬしに言うておく。これ以上、静馬をかばうことはできぬ。わしから名を告げることはないが、探索の手が伸びるは必定《ひつじょう》。目付が来るのを、首を洗《あろ》うて待っておれ」

「お待ちください」

黒岩が必死に止めていると、静馬が現れ、助けてくれと言って坂上にしがみついた。

「やめようと思うても、どうにもならぬのです。この手が、人の血を欲しがるのです」

「ならば、その手を斬り落とすがよい」

完全に友とその息子を見捨てた坂上は、冷めた口調で言うと、うな垂れる静馬に軽蔑《けいべつ》の眼差しを向けて立ち去った。

屋敷を出て、八丁堀の自宅に帰ろうと歩みを進めた時、背後から声をかけられた。

「父上」

紛《まぎ》れもない息子の声に驚き、坂上は足を止めて振り向くと、目を見張った。

「慎太郎、お前、なぜここにおる」

すると、慎太郎は藤堂家の表門を見上げ、父親に顔を向けた。

「父上こそ、何をなさっておられるのです」

坂上は、門番を一瞥すると、息子の肩を抱いてその場を立ち去った。

大川に向かいながら、

「問いに答えぬか。父を、つけていたのか」

「はい」

「なぜじゃ」

「近頃、父上の様子がおかしいと思い、案じていたのです」

「馬鹿な、余計な心配じゃ」

坂上がそう言うと、慎太郎が立ち止まった。

「父上、わたしは父上の子です。悩みごとがあるなら、おっしゃってください」

「お役目のことだ。言うたところで、なんになる」

「では、あの女は誰なのですか」

「辻斬りのことで聞き込みをしていたのだ。つまらぬ詮索《せんさく》をいたすな」

「父上、わたしはいずれ、跡を継いで与力になる身です。力になりたいのです」

「黙れ。さ、帰るぞ」

息子に己の犯《おか》した罪を話すわけにもいかず、坂上は押さえつけるように言うと、歩みを進めた。

掘割に架けられた橋を渡り、柳が植えられた堀沿いの道を歩んでいると、橋を駆け渡る足音が聞こえた。

人気《ひとけ》のない道を歩んでいた坂上が殺気を感じて振り向くと、覆面をした侍が数名追ってきていた。

「慎太郎、逃げろ」

言うなり抜刀した坂上は、息子の前に出ると、侍たちを迎え撃った。

走りながら抜刀した侍が、気合声をあげて斬りかかるのを受け止め、

「何をしておる。早く逃げろ！」

と、息子に怒鳴ったその隙を突かれ、坂上が肩を斬られた。

「父上！」

慎太郎は、父親を助けるために抜刀し、

「やあっ！」

曲者に斬りかかった。

ぱっと跳びすさった曲者が刀を脇構《わきがま》えに転じると、正眼《せいがん》に構えた慎太郎の前に、他の曲者が迫った。

全部で五人。

剣術が苦手な親子に、勝てる相手ではない。

それでも、父親を守ろうと必死の形相《ぎようそう》で刀を構える慎太郎。

いきなり背中をつかまれ、

「どけい」

坂上が前に出た。

息を荒くしながら刀を構えた坂上が、慎太郎を守るように立つと、声を発した。

「覆面をしていてもわかるぞ、黒岩」

覆面の男は大上段に構えを転じ、じりじりと前に出た。

「おとなしく言うことを聞いておれば、死なずにすんだのだ」

そう言うなり、

「てやっ！」

大上段から斬り下ろした。

坂上は一《いち》の太刀《たち》をかわしたが、下から斬り上げられた二の太刀をかわしきれず、手首を斬られた。

「くっ、おのれ！」

激痛に怯むことなく刀を振るい、前に出たのだが、振り下ろした刀をかわされると同時に、袈裟懸けに斬られた。

「ぐあっ……」

断末魔の声をあげた坂上が、慎太郎に振り向いた時、その背中に、別の侍が刀を振り下ろした。

とどめを刺された父親が目を見張り、声もなく突っ伏すのを見て、慎太郎は恨《うら》みに満ちた目を仇《かたき》に向けた。

「うわあぁぁ！」

半狂乱となり、力まかせに斬りかかったが、刀を払い飛ばされ、腕を斬られた。喉《のど》の奥から呻き声をあげた慎太郎が倒れると、その横に、覆面をした黒岩が立った。

「恨むなら、父を恨め」

そう言って、切っ先を喉に向けて突き入れようとしたその時、

「おい！」

怒鳴り声がして、侍が猛然と駆けてくると、小柄を投げた。

黒岩が刀で弾《はじ》き落とすと、配下の者があいだに立ちはだかり、侍めがけて刀を振るったが、一刀のもとに斬り伏せられた。

舌打ちをした黒岩は、

「退《ひ》け！」

大声で命じるや、逃げ去った。

「父上、父上！」

慎太郎が地べたを這《は》い、倒れている父親の胸にしがみつくと、

「し、慎太郎……」

坂上は、薄目を開けた。

助けに入り、駆け寄った侍に目を向けた坂上は、

「おお、岩城殿」

安堵《あんど》の笑みを浮かべて、口を動かした。

消え入りそうな声を聞き取った岩城泰徳が、

「あいわかり申した」

そう言うと、坂上は慎太郎に目を向け、

「母上を、たの――」

――母上を頼む。

そう言いかけて、こと切れてしまった。

四

夜廻りをしていてこの場に出くわした岩城泰徳は、父親にしがみつくようにして泣く慎太郎を、哀れに思った。

与力として、いや、人として、してはならぬことをした父の罪を知れば、この者は、どう思うだろうか。

泰徳は、坂上が今わの際にしゃべったことを、慎太郎には言わなかった。

「さ、父上を番屋に」

慎太郎を促した泰徳は、荷車を借りて、坂上を番屋まで運んだ。

両国橋の袂の番屋に着くと、殺された与力を見て騒ぎとなった。

詰めていた者の一人が同心を呼びに走り、夜の見廻りをしていた者たちが集まってきた。その中に笹間がいたので、泰徳は、慎太郎に聞こえないところに呼び出した。

「岩城先生、いかがされた」

「実は、坂上殿が息を引き取られる際に、すべてを話してくれた」

「何をです」

「辻斬りは、山科という浪人者ではない」

「そんな馬鹿な」

愕然とした笹間が、はっとした。

「まさか……辻斬りは、坂上様ですか」

「いや、違う。真の下手人は、二千石旗本、藤堂対馬守の息子、藤堂静馬だ」

すると、笹間の顔が見る間に険しくなった。

「坂上様は、誰に斬られたのです」

「藤堂家の者だ」

「では、藤堂家と、なんらかの関わりがあったのですか」

「おそらく」

坂上が悪事に荷担《かたん》していたことを認めたくないのか、笹間は、そんなはずはないと言い、かぶりを振った。

「聞き間違いではないですか」

「そう思うのはそちらの勝手だが、銀次の息の根を止めたのは坂上だ」

「そ、そんな。あの坂上様が、まさか」

動揺する笹間に、泰徳は厳しい目を向けた。

「藤堂静馬の顔を見た銀次の口を封じ、死の間際に浪人の名を告げたことにしたのだ」

話を聞いた笹間は、どうしようかと思案をめぐらせている。

「息子には話しておらぬので、あとのことは、そちらにまかせる」

泰徳はそう言うと、笹間に背を向けてその場を立ち去った。

石原町に向かう泰徳の目は、怒りに満ちていた。辻斬りをしている旗本に与力が絡んでいたと知った途端に、笹間が弱気になったからだ。

しかし、笹間が揉み消すようなことをするはずはない。

笹間の口から町奉行の耳に入れば、目付役が動くはず。そうなれば、将軍家直参といえども、藤堂家はただではすまぬ。

辻斬りをした静馬は切腹、藤堂家は断絶となるに違いない。

泰徳はそう自分に言い聞かせ、怒りを鎮《しず》めながら、このことには、関わりを持つまいと決意した。

ところが、何日経《た》っても、藤堂家に処分はくだされなかった。

それどころか、新たな犠牲者が出たのである。

稽古に来た者から、辻斬りの噂《うわさ》を聞いて驚いた泰徳は、稽古を師範代に預けて、両国橋の袂の番屋に走った。

「笹間殿はおらぬか」

番屋の者に詰め寄ると、辻斬りに遭《あ》った者が運ばれている深川大和町《ふかがわやまとちょう》の番屋にいると言うので、そちらに走った。

番屋の前に行くと、ちょうど検分を終えた笹間が出てきた。泰徳に気づいた笹間は、あからさまにいやそうな顔をして、別の道へ入った。

「おい、待て」

あとを追い、腕をつかんだ。

「放してくれませんかね、先生」

「新たな犠牲者が出るとはどういうことだ。おれが教えたことを、上に伝えておらぬのか」

「むろん、言いましたよ」

「ならば、藤堂家はどうなったのだ」

「相手は二千石の大身《たいしん》。庶民の一人や二人、試し斬りされたくらいじゃ、どうにもならないということでしょう」

「試し斬りだと！」

「要するに、女郎や無宿の無頼者など、世の中のごみだというわけですよ。ごみを斬っても罪にはならぬということです」

「貴様、酒に酔っているな」

「ええ、酔っていますとも。飲まずにいられますか。お奉行ときたら、辻斬りを捕らえろとあれほど息巻いておられたくせに、相手が藤堂家と知った途端に、手を引け、ですからね」

顎《あご》を突き出し、揶揄《やゆ》するように言うと、笹間は岡っ引きを一瞥した。岡っ引きが、話を聞くまいとして離れているのを見ると、泰徳に真顔を向け、声を潜《ひそ》めた。

「ほんとうのところは、坂上さんが絡んでいたから、お奉行が臆病風《おくびょうかぜ》に吹かれたんですよ。下手《へた》をすると、自分も、これですからね」

切腹する真似をしてみせると、笹間は酔った顔に戻った。

「とにかく、そういうことなので」

岡っ引きに、行くぞ、と言い、笹間は立ち去った。

泰徳は、笹間の背中を見ながら、作った拳に力を込め、怒りに震わせた。

北町奉行は、与力の坂上が荷担していたことを知り、藤堂家のことを目付に告げていないのだ。

泰徳は、新見左近《にいみさこん》に相談しようかと思ったが、慎太郎のことが目に浮かび、思いとどまった。

左近が動けば、坂上のことが露見するかもしれないと思ったのだ。

奉行が揉み消したことで慎太郎が父の跡を継げるなら、それでいいではないか。

だが、辻斬りを許すわけにはいかぬ。

泰徳は、辻斬りを繰り返す静馬を倒すために、藤堂家を見張ることにした。


その藤堂家では、あるじの対馬守が、息を引き取っていた。

胸の病《やまい》が急変し、用人の黒岩と静馬が寝所に呼ばれて間もなく、こと切れたのだ。

「殿……」

黒岩は悲しみに涙を流したが、息子の静馬は、冷めた目を向けていた。黙って手を合わせると、静馬は立ち上がり、黒岩が止めるのを無視して自室に戻った。

家紋入りの羽織を脱ぎ捨て、黒染《くろぞめ》の羽織と袴《はかま》に着替えると、大勢の罪なき者の血を吸っている愛刀を手に外に出ようとしたが、家来が立ちはだかった。

「若、このような時に、どちらへ行かれます」

「決まっておろう。世直しだ」

静馬は悪びれもせずに言うと、襖を開けて隣の部屋から出た。

玄関を出て、表門に向かおうとしたところ、門の前に黒岩がいた。

石が敷かれた地べたに座り、大刀を己の右側に置いている。

「黒岩、なんの真似だ」

静馬が言うと、黒岩は頭を下げた。

「辻斬りは、もうおやめください」

「何度も同じことを言わせるな。わしは世直しをしておるのだ」

「いえ、若がなされていることは辻斬りです」

「そこをどけ！」

「どきませぬ。殿の遺言でございます。どうか、辻斬りをおやめください」

「わしは遺言など聞いておらぬ」

「若を止めるように、それがし が承《うけたまわ》っております」

そう言うと、黒岩は顔を上げ、刀を左側に置きなおした。

「貴様、わしを斬る気か」

「若、あなたは、人を斬ることを喜びとするこころの病にかかっておられる。お家のために、腕を斬り落としてでも止めよと、殿の遺言にございます」

「ふん、旗本が片腕になれば、お家は断絶じゃ。たわけが」

「ですから、おやめください」

「黙れ！」

静馬は鋭い目を向けると、抜刀した。

黒岩もそれに応じて、刀を抜いた。

「貴様、本気だな」

「……………」

黙って対峙《たいじ》する黒岩を睨み、

「であえい！　であえい！」

静馬が叫ぶと、家来たちが屋敷から駆け出てきた。

家来たちは、抜刀して静馬の前に立つ黒岩に驚き、騒然となった。

「皆の者、この乱心者を斬れ」

静馬に命じられて家来たちは抜刀したが、その場で構えるだけで、黒岩に斬りかかる者はいなかった。

黒岩は、静馬を守ろうとしている家来を睨み、

「若に辻斬りをさせぬためだ。そこをどけい」

鋭く言うや、切っ先を向けた。

「おのれ！」

斬りかかった家来の刀を弾き上げ、足を浅く斬った。

悲鳴をあげて倒れた家来には目もくれず、黒岩は刀を峰《みね》に返すと、静馬に向かっていった。

守ろうとする家来と刀を交《まじ》え、相手の腕を打ち、胴を打って、前に突き進む。

家来に守られて後ろに下がった静馬は、敷石に足を取られて尻餅をついた。守ろうとした家来を退《しりぞ》けて前に出た黒岩は、静馬の前に立ち、切っ先を向けた。

「き、斬るな、斬るな」

「若、斬られる者の恐ろしさが、わかりましたか」

「わ、わかった」

「死ぬる恐ろしさが、わかりましたか！」

「ひいっ」

黒岩の気迫に恐れおののいた静馬は、刀を捨てた。

「もうしません。もうしませんから――」

斬らないでくれ、と懇願《こんがん》し、頭を抱え込んだ。

無様に泣く静馬に安堵のため息をついた黒岩は、刀を鞘に納めた。

静馬の両肩をつかみ、

「わかっていただければ、それでよいのです。さ、殿のご供養に戻りましょう」

なぐさめるように言い、立たせようとした時、うっ、と呻き声をあげて、目を見張った。

黒岩の胸に、静馬が脇差を突き入れたのだ。

「わ、若……」

苦しみの声をあげる黒岩を見る静馬の目は、異様な光を帯《お》びている。

「何が供養だ。あいつのせいで、わしはこうなったのだ。あいつは、口答えをしただけで母上を斬り殺したではないか。壺《つぼ》を割っただけで女中を斬り、目つきが気に入らぬと言って、わしの目の前で家来を殺したではないか。それにくらべれば、わしがしていることはましだ。町方が手を焼いている夜鷹を始末し、人を傷つける無宿の無頼者を掃除しているのだ。のう、黒岩、それのどこが悪いのじゃ」

嬉々とした声を発して、黒岩を押し倒した。

「わ、若」

「もういい、何も言うな、黒岩。あの世に行って、父上に言え。静馬は父と違い、世直しのために人を斬っているのだ、と」

そう言うと、にやりと笑い、脇差を引き抜いた。

立ち上がった時には、血がついた脇差を見つめ、死にゆく黒岩には目もくれなかった。

——乱心している。

家来たちは静馬に恐れをなし、身動きひとつできなくなった。

静馬はその者たちを見ると、

「案ずるな。わしは、父上とは違うのだ。むやみに人は斬らぬ」

言いながら、笑みを浮かべてみせた。

家来たちが固唾《かたず》を呑《の》む中、己の刀を拾って鞘に納めると、門に向かった。

もはや藤堂家に静馬を止める者はおらず、門から外に出る後ろ姿を見つめるだけだった。

深川に向かった静馬は、無宿人が野宿をする社《やしろ》の境内《けいだい》に足を踏み入れ、あたりを探した。

辻斬りを恐れてか、本堂の下にも、祠《ほこら》の中にも、野宿をする者の姿は見当たらない。

別の場所に行こうとした時、境内の杜《もり》の外で、男女の話し声がした。

気づかれないように近づいてみると、丸めた筵を抱え、頭に布をかけた夜鷹が、町の男の手を引いて歩んでいる。

身を潜めていると、二人は境内に入ってきた。

獲物を目の前にした静馬は、舌なめずりしながら走り、本堂の陰に隠れた。

何も知らぬ二人は、抱き合うようにして本堂に近づいてくる。

夜鷹ともども、男も斬るつもりで、つと足を踏み出すと、鯉口を切った。

「風紀を乱す女狐《めぎつね》め、覚悟いたせ」

ぎらりと抜刀すると、女が驚き、男と共に後ずさった。

「だ、旦那」

「おう」

客の男が落ち着きはらった声で応《こた》えると、女は丸めた筵を差し出した。

男は筵に手を入れると、十手を取り出した。

「むっ」

十手を構えられて、静馬が驚いた。

「北町奉行所同心の笹間だ。辻斬りもこれまでだ、人殺しめ」

「おのれ、町方風情《ふぜい》が」

静馬は刀を振り上げ、袈裟懸けに斬り下ろした。

笹間は十手で受け流し、静馬の腕をつかんで取り押さえようとしたのだが、振り払われてよろけた隙を突かれ、右腕を斬られた。

「旦那！」

「逃げろ！」

笹間は叫び、左手に十手を持ち替えて対峙した。

苦痛に顔を歪める笹間に、静馬が嬉々とした目で刀の切っ先を向けた。

「今、楽にしてやる」

刀を振り上げた時、足音に気づいて目を向けるや、

「うおっ！」

猛然と向かってきた者に驚き、跳びすさった。

笹間と女をかばうように立ちはだかった男に、静馬が怒鳴った。

「な、何奴じゃ！」

「見てのとおり、ただの遊び人だ」

そう言ったのは、着流し姿の岩城泰徳だ。

泰徳は抜刀した刀を正眼に構え、右足を出しながら腰を低くして甲斐無限流《かいむげんりゅう》の構えを取った。

「こしゃくな」

泰徳の剣気を見抜けない静馬は、やくざ風情が、と馬鹿にして、刀を構えた。

「死ね！」

言うや、刀を振り上げて斬りかかったが、泰徳は一撃をかわすと同時に身をかがめて片膝をつき、刀を一閃《いっせん》して足首を切断した。

「ぎゃあぁぁ」

右の足首を切断された静馬は悲鳴をあげて倒れ、激痛に呻きながら地べたを転げ回った。

「ざまぁみやがれ！」

夜鷹の女が、殺された仲間の仇だと叫び、泣き崩れた。

痛みにのたうち回っていた静馬は、悲鳴をあげなくなり、足を押さえたまま悶《もん》絶《ぜっ》している。

それを見下ろした泰徳は、刀を納めると、膝をついて腕を押さえている笹間の傷を手拭《てぬぐ》いで縛ってやった。

「笹間殿、手柄は貴殿の物だ。次こそ、銀次に恥じぬおこないを頼む」

「せ、先生」

目に涙を浮かべる笹間にうなずいた泰徳は、境内をあとにした。

五

新見左近がこの事件の顚末《てんまつ》を聞いたのは、日光《にっこう》から帰って間もなくのことだった。

旗本の藤堂家が断絶となった経緯《いきさつ》を、日光のことで城に呼び出された折に、将軍綱吉の口から、直《じか》に聞かされたのだ。

あの時、泰徳が左近を頼ろうとしても、左近は江戸にいなかったのだ。

己の仕置きに満足している綱吉は、日光のことをねぎらうより先に、事件のことを饒舌《じょうぜつ》に語り聞かせた。

それによると、足首を切断された藤堂静馬は、辻斬りの罪に加え、足首を失ったことが旗本としての恥《はじ》とされ、切腹ののち、お家断絶とされた。

藤堂静馬の悪事を隠蔽《いんぺい》した与力、坂上広重の罪は重く、父親を諫《いさ》めようとした息子の慎太郎が家督《かとく》を継ぐことを、綱吉は許さなかった。

慎太郎は浪々の身となり、母親と共に屋敷を出ることになったのだ。

下々のことまで語った綱吉に、左近は内心驚きつつ、城を下がった。

将軍家の威厳を取り戻そうという必死さが伝わり、悪事を働く者は旗本とて容《よう》赦《しゃ》せぬ、という気概を感じた。

だが、その数日後、谷中《やなか》の屋敷を訪れた泰徳に辻斬りのことを尋ねた左近は、足首を斬ったのが泰徳だと教えられ、さらに詳しいことを聞かされて、不満をぶつけられた。

「与力のことを隠した北町奉行は、お咎《とが》めなしだ。おれはどうも、こたびのことは納得がいかぬ」

自分が将軍なら、どう仕置きをするか、と尋ねられ、左近は返答に困った。

江戸の治安を守る町奉行は激務であり、誰にでもできるものではない。綱吉はおそらく、適任者が他にいないと判断し、厳重なお叱りですませたのではないか。

そのことを泰徳に言うと、憤慨した。

「おぬしが将軍でも、そうしたか」

「さて……」

返答をごまかしたが、

「その顔は、納得しておらぬのであろう」

泰徳には、見抜かれていた。

「藤堂家の断絶は当然のことだ。だが、奉行がお咎めなしなのは許せぬ。与力がしたことを奉行が黙認していなければ、殺されずにすんだ者もいたのだ」

「上様も、ただ許されたわけではあるまい。北町奉行も、次はないものと、肝《きも》に銘《めい》じているはずだ。おれは、そう信じたい」

「では、おぬしが将軍でも、同じことをしたと言うのか」

「さて、それはわからぬ」

将軍の立場ではない左近は、答えるのを控え、泰徳を見て笑みを浮かべた。

微笑《ほほえ》む左近を見て、泰徳が訊く顔を向ける。

「なんじゃ」

「いや、気にするな」

「申せ、気持ち悪いではないか」

「道場主にしておくのは、惜しいと思うたのだ」

泰徳が驚く顔を見て、自分が将軍なら、まっすぐなこころの持ち主である泰徳を町奉行にするという答えを、胸の内にとどめた。

「許せ」

将軍職への野心を持たぬ左近が一言あやまると、泰徳は、囲炉裏《いろり》の火に目線を下げて、ぼそりと言った。

「おれなどに、許せと素直に詫びることができるおぬしが将軍だったならば、町奉行は与力の犯した罪を隠さなかったであろうな」

第二話　浅草《あさくさ》の決闘

一

「へえ、なかなかのものじゃございませんか」

権八《ごんぱち》が、釘を打つ手を止めて感心した。

権八は、湯島《ゆしま》にある大店《おおだな》を建て増しする普請場《ふしんば》にいるのだが、目の前で板を打ちつける浪人者の手業《てわざ》を褒《ほ》めたのだ。

食うために普請場で働く浪人は、名を浅島善五《あさじまぜんご》と言い、近くの長屋に住む者だ。

権八は、馴染《なじ》みの棟梁《とうりよう》から、休んだ者がいるので手が足りないのだと助っ人を頼まれて、浅草《あさくさ》から手伝いに来ていた。

そのため、浅島とは今日初めて一緒になったのだが、袴《はかま》の股立《ももだ》ちを取り、大工顔負けに働く姿は、

「侍にしておくのは、惜しい人だね」

仕事にうるさい権八にそう言わせるほど、板についていた。

三十五歳だと言う浅島は、月代《さかやき》も伸びて髭《ひげ》も濃く、目も細くて鋭いので、一見すると近寄りにくい顔をしているのだが、笑顔になると細い目が垂れ下がり、優しい顔つきになる。

その笑顔のとおりに気も優しい男で、侍だと偉ぶるでもなく、大工たちとは対等に付き合っていた。

一日の仕事を終えて、

「権八さん、どうです」

皆と一緒に飲まないかと誘ったのは、浅島だった。

「お、いいですとも」

酒好きの権八は二つ返事で承諾し、仲間たちも一緒に料理屋に行った。

浅島の行きつけだという料理屋は、湯島天神《ゆしまてんじん》の下にある店で、板張りの広い座敷に上がると、他の客と衝立《ついたて》を隔《へだ》てて座った。

小女《こおんな》が注文を取りに来て、浅島がいつものを、と言うと、程なく持ってきた。

膳《ぜん》の上に置かれたのは、焼き蛤《はまぐり》に、ちろりの熱燗《あつかん》だ。

「ささ、飲みましょう」

浅島に促《うなが》されて、権八は熱いのをきゅっとやると、熱々の蛤を口に入れた。塩がしっかり効いていて、身は分厚く歯ごたえ十分。

「ううん、こいつはたまんねぇ」

ため息まじりに言うと、香り高い味を酒で流した。

その様子を楽しげに見ていた浅島は、他の大工たちにも酒をすすめて、今日の仕事のことや、もうすぐ咲く椿《つばき》の話をして、故郷を懐かしんだ。

「旦那は、どちらの生まれです」

権八が訊《き》くと、

「旦那はよせよ、権八さん」

気さくに言うと、生まれは上州《じょうしゅう》の吾妻《あがつま》だと言った。

「父は旗本領の小役人だったのだが、主家が絶《た》えて、浪人になったのだ。わしが五つの時だったので、微《かす》かにしか覚えがない。物心ついた時には、浪人の倅《せがれ》よ。田舎《いなか》の貧しい暮らしがいやで、剣の修行をすると言って家を飛び出したものの……このざまだ」

このざまと言ったことに、はっとして、浅島は言いなおした。

「いや、大工仕事のことを申したのではないぞ。浪人のわしのことを、このざまだと申したのだ」

「いいってことですよ」

「そうそう、あっしらに気を使いすぎなんですよ、旦那は」

大工たちが言うと、浅島は首をかしげた。

「そのつもりはないのだがな」

「根っから優しいお人なのに、どうしていい人がいないのかねぇ」

同じ長屋に住む大工が言うと、

「太一《たいち》、それを言うな。一人食うのもやっとなのだ」

浅島が応《こた》え、皆が笑った。

遠慮がないのは、浅島が独り身を楽しんでいることを知っているからだ。

皆と一緒になって笑う浅島も、長屋の女房たちが何かと世話をするので、不自由がなく、長屋の連中には感謝している。

こうして、仕事の疲れを癒《い》やすために、和《なご》やかな酒盛りをしていたのだが、急に浅島の顔から笑みが消え、険しい顔つきになった。

権八が、どうしたのかと思い視線の先を見ると、浅島と同年代と思《おぼ》しき浪人者が立っていて、鋭い目つきでこちらを見ている。

座敷に上がった浪人者は、小女に隣を示されたのだが、

「別の場所は空いておらぬのか」

と、不機嫌そうに言った。

「すみませんねぇ、宇木《うき》の旦那」

馴染みの客らしく、小女は遠慮のない口調で、早く座れと促した。

「ふん」

おもしろくなさそうに鼻を鳴らした宇木は、浅島に背を向けて座った。そこへ、
太一が四《よ》つん這《ば》いに近寄り、

「宇木の旦那、どうでした、仕官の口は」

これもまた遠慮なく訊くと、

「うるさい」

一喝《いっかつ》された。

「そうですかい、だめだったんですか」

何も言っていないのに太一が決めつけると、一緒に飲もうと誘った。

断るのかと思いきや、宇木は素直に背を返して、太一の酌《しゃく》を受けた。

宇木が酒を干すのを一瞥《いちべつ》した浅島が、棘《とげ》のある口調で言った。

「親方がせっかくくれた仕事を放り出して、どこに行ったのかと思えば、仕官の口を探しておったとは……馬鹿な奴だ」

「だ、旦那」

困り顔の太一が、浅島の口を止めようとあいだに入ったが、宇木に背中をつかまれて引っ張られ、ふんどしを着けた尻をさらしてひっくり返った。

浅島を睨《にら》んだ宇木が、

「馬鹿とは聞き捨てならん。もういっぺん言ってみろ」

刀の柄《つか》に手をかけて言ったので、大工たちが慌《あわ》てて止めに入った。

「宇木さん、落ち着いてください。みんな仲間じゃないですか」

「うるさい！」

「まあまあまあ、楽しくやりましょうよ、ね」

大工たちが押さえて酒をすすめると、宇木はおとなしく刀を置き、湯呑《ゆの》みを差し出した。

「仲間って、それじゃあ」

権八が太一に訊くと、うなずいた。

「宇木の旦那は、同じ長屋に住まわれておりましてね。浅島の旦那と同じくらいに、仕事の腕がいいのですよ」

「へえ、そうかい」

権八が、おもしろい侍がいるものだと、二人を見くらべた。

太一が言うには、二人は同い年だが、浪人になった経緯《いきさつ》は違っていた。

宇木康孝《やすたか》は、野州《やしゅう》足利郡《あしかがぐん》の幕府領で小役人を務める家に生まれた。四男坊の部屋住みだったが、良縁にも恵まれて婿《むこ》に入り、当主として張り切っていた。だが、三年経《た》っても子宝に恵まれず、離縁を申しつけられて家を追い出されたのだ。

宇木は二十三歳で実家に帰ったのだが、居場所はなく、剣の修行の旅に出た。

何年かして江戸に入り、浅島と同じ時期に長屋に住み着くと、程なくして大工仕事を共にするようになった。

すると、どちらの腕がいいか競《きそ》うようになり、いい意味で、互いに腕を上げたのだという。

しかし、二人とも、酒を飲むといけなかった。

「おい、浅島、約束をいつ果たすのだ。逃げてばかりおりよって」

酔った宇木が、据《す》わった目を向けて言うと、浅島が、元々細い目を糸のように細めて応じた。

「なぁにを申すか。逃げておるのは、貴様のほうではないか」

お前だ貴様だと、問答がはじまると、大工たちは下を向き、失笑している。

酔った権八が、

「いってぇ、何を揉《も》めていなさる」

二人に訊くと、宇木が鞘《さや》の塗りが剝《は》げた刀を左手に持ち、板の間に立ててみせた。

「剣の腕に決まっておろう。真剣勝負じゃ」

じろりと権八を睨み、しゃっくりをした。

「ええっ!」

権八が目を丸くすると、

「こ奴は、逃げてばかりおるのだ」

宇木が、浅島を顎《あご》で示して言った。

すると、浅島が座りなおし、これも鞘の塗りが剝げた刀をにぎり、どんと床に立てた。

「よかろう、明日だ。明日果たし合いだ」

わせていた。

「おもしろい、逃げるなよ」

睨み合う二人を止めようとしているのは権八だけで、他の大工たちは、肩を震わせていた。

「おい、太一さん、止めねぇのかい」

すると太一が、ひらひらと手を振り、二人を指差した。

権八が見ると、浅島と宇木は、刀を杖《つえ》にして船を漕《こ》いでいる。

それを見て、大工たちがにやついている。

どういうことかと権八が訊くと、太一が小声で教えた。

「いいんだよ。ほっといても、斬り合いにはならねぇから」

「へ？」

「初めはおれたちも驚いてよ、二人が果たし合いに行かないように部屋を見張っていたんだが、いつまで経っても出てこないからのぞいてみると、二人とも、腹が痛いと言って寝込んでいなすった」

「悪い物でも食べたのかい」

権八が間抜けな顔で訊くと、大工たちが吹き出した。

太一が言うには、二人とも、果たし合いの場所に行かないための口実で、仮《け》病《びょう》を使っていたのだ。

「どうして仲よくできないのか、まったくわからねぇんだが、親方が放っておけと言われるので、止めねぇのよ。まあ、今となっちゃ、果たし合いをするしないは、酔った時のあいさつみたいなものだね」

そう言うと、太一は二人の肩を揺すった。

「旦那、だ、ん、な。明日も早いから、もう帰りますよ」

「おう、おう」

浅島が応じ、宇木が片目を開けて立ち上がろうとして、よろけた。

身体を支えた太一が、

「しょうがねぇなぁ」

困り顔で言うと、肩を貸して外に連れ出した。

長屋は権八の帰り道の途中にあったので、浅島に肩を貸し、夕暮れ時の道を歩んで浪人を連れて帰った。

長屋の路地に入ると、どぶ板につまずかないようにさせながら奥へ行った。

外で魚の干物《ひもの》を焼いていた女房が、酔い潰れた浪人たちを見ると、立ち上がった。

「あらあら、お二人さんは、今日も飲みすぎたのかい」

「ああ、例によって、果たし合いの約束もなさったぜ」

「いつだい」

「明日だ」

「そりゃ大変だ。腹痛に効く薬草はあったかね」

「馬鹿」

太一が言うと、表に出ていた女房たちが笑った。

自分が笑われていることに気づかぬ浅島が、女房たちに薄目を開けると、

「うははははは」

釣られて笑った。

ため息をついた太一が、浅島の部屋はここだと教えたので、権八は腰高障子《こしだかしょうじ》を開けて中に入った。

女房たちが世話しているというだけあって、部屋はきれいに掃除されて、誰が置いたものか、布をかけた飯のおかずも届けられていた。

浅島が酔って帰ったのを見ていたらしく、若い女が入ってくると、手際よく布団を敷き、権八に頭を下げた。

「へえ、いい暮らしをしておられるね」

気楽でうらやましいやとつぶやいた権八は、目を吊り上げたおよねの顔が目に浮かんで身震いした。浅島の大小を女に預けて、座敷に上げて布団に座らせると、

「それじゃ、浅島の旦那、あっしはこれで帰りますからね」

そう言うと、女に頭を下げて外に出た。

向かいの部屋から太一が出てきたので、

「浅島の旦那は、きれいな娘さんが世話しているよ。そっちもかい」

そう訊くと、

「こっちは、婆様《ばあさま》だ」

太一が笑った。

「いつもこうなのかい」

「まあ、二人は何かと頼りになるから、ここの連中はほっとかないよ」

「へえ、そうかい。そいつはいいや」

「明日は、来ないのかい」

「おう、今日だけという約束だ。今度、浅草にも遊びに来てくれよ。旨《うま》い煮売り屋があるからよ」

「噂《うわさ》は聞いているぜ。三島屋《みしまや》の隣だろう」

「そうそう。絶品だからよ、一杯やろうや」

権八は片手を挙げて、待っているぜ、と言うと、長屋をあとにした。

浅草に帰りながら、

「それにしても、侍にしておくのは惜しいや」

腕組みをした権八は、浅島を大工の道に誘おうかと、本気で考えた。

二

「とまあ、こんなわけですよ。人は持って生まれたものがあるというのに、身分に縛られて腕を振るえないのは、悲しいと思いませんか、左近の旦那」

「うむ」

権八から浅島と宇木のことを聞いた新見左近は、気のない返事をして、お琴《こと》の酌を受けた。

赤くなった鼻を近づけて、

「聞いてます？　旦那」

権八が疑う目を向けた。

「浪人を大工にすることだろう」

左近が言い、酒を干した。

「そう、そうですとも。どう思います」

「刀を置く覚悟があるなら、誘いに乗るのではないか」

「まあ、そうでしょうけどね」

権八が、そこがわからないとつぶやくと、およねが言った。

「仕官なさることに未練がおありなんじゃないかね、お侍だもの」

「そこよ。そこが問題なのよ」

権八が、舐《な》めていたするめを口から出し、顔に向けて言ったので、およねが汚いと言って顔をしかめた。

権八は構わずに、難しい顔をして続ける。

「二人は酒に酔うと、決まって果たし合いをすると言うそうで、今日も約束をしていたな。斬り合いにはならねぇと大工仲間は言ったが、侍の意地というか、誇《ほこ》りというか、庶民とは違うところがある。二人とも、昔は剣の修行をしていたらしいしよ。片方は、今日も仕官の口を探していたようだ。おめえが言うとおり、未練があるのかもな。だがよう、侍にしておくのは、惜しいなぁ」

「そんなにいい腕だったのかい」

「おうよ。おれには及ばねぇがな」

「やっとうのほうは、どうなのかね」

およねが訊くと、権八は、さっぱりわからねぇ、と言って首をかしげた。大工の技にしか興味がないのだ。

「なんとか侍を辞《や》めさせる方法はないですかね、旦那」

「辞めるも何も、すでに普請場で大工仕事をしているなら、誘うまでもあるまい」

左近が言うと、権八が、あっと声をあげた。

「旦那がおっしゃるとおりだ。おれとしたことが、とんだへまだ。毎日、金槌《かなづち》振るってるじゃねぇか」

「そうだよお前さん。誘ったりしたら、湯島の親方が機嫌をそこねられるよ」

およねに言われて、権八は顔を曇らせた。

「やっぱり、そうなるか」

「人が足りないのかい」

「そうじゃあねぇが、うちの棟梁が喜ぶかと思ったのよ。まあでも、言われてみりゃ、湯島の親方が目をかけていなさるから、おいらの出る幕じゃあねえな」

きっぱりあきらめた権八は、一杯注いでくれとおよねに言い、ぐいっと飲んだ。

左近はこの時、さして気にしていなかったのだが、三日後に、その浅島なる浪人と、顔を合わせることになった。

仕事が休みだという権八に誘われて、昼間から二人で小五郎《こごろう》とかいう、いでの店にいた時、大工の太一が、浅島を連れて権八を訪ねてきたのだ。

「長屋に行ったら、ここだと聞いたものでね」

太一が権八に言い、共にいた左近にぺこりと頭を下げた。

左近がうなずくと、太一は権八に顔を向けて、声を潜《ひそ》めた。

「今日来たのは、長屋から旦那を誘い出すためだよ」

「そいつは、どういうことだい」

権八が訊くと、太一は、左近に遠慮して離れて座っている浅島を一瞥し、さらに声を小さくした。

「今朝方、宇木の旦那と、ひどくやり合ったんだ。今度こそ決着をつけると言ってもう少しで刀を抜くところだったのを、皆で止めたのよ。今日は仕事がないので、二人とも長屋にいたんじゃまたやり合うってんで、おれが浅島の旦那を誘い出したというわけ」

「なんだい、そんなことになっていたのかい」

てっきり、二人はほんとうは仲がいいのかと思っていた権八が、眉《まゆ》をひそめた。

「揉めごとのきっかけはなんだ」

「さあ。でも今回は、いつもと違って激しいんだ」

太一が首をかしげた時、浅島が咳払《せきばら》いをしたので、この話は終わった。

権八が、一緒に飲んでもいいかと訊くので、左近が承諾すると、

「こちらの旦那は、新見様だ。見てのとおりご浪人だが、頼れるお方だからよ、話を聞いてもらってはどうかね」

勝手に話を決めた。

左近は、年下の自分に浅島が話すとは思わなかったが、

「よろしいので」

太一に言われて、うなずいた。

太一が浅島のところに行って誘うと、浅島は左近を見て、頭を下げた。

左近が応じて頭を下げると、浅島は、太一と共に左近の近くに座りなおし、改めて名を告げた。

「浅島善五です。以後、お見知りおきを」

「新見左近です」

「ささ、まずは一献《いっこん》」

権八が酒をすすめると、うなずいた浅島は、親しげな笑みを向けて酌を受け、一息に干した。

旨い、と言って左近に目を戻すと、身体を見てきた。

「失礼だが、まことに浪人でござるか」

「見えぬか」

「見えぬな。それがしには、大名家の世継ぎか、大道場の跡取り息子に見える」

「ほう、そう見えるか」

左近が言うと、浅島が細い目をさらに細めた。

「何をして食うておる」

「何も。この歳で、親の脛齧《すねかじ》りだ」

「浪人が親の脛を齧るとは、奇妙だな。親も、浪人であろうに」

「世の中には、そういう者もいる」

左近がごまかすと、浅島は真顔で訊いた。

「まことに、浪人か」

「うむ」

「身体つきからして、相当な遣《つか》い手《て》とお見受けするが、流派は」

「一刀流《いっとうりゅう》を、少々」

すると、浅島が突然地べたに膝《ひざ》をつき、両手をついた。

「ならば、お願いがござる」

「聞こう」

「それがしに、剣術をご指南賜《たまわ》りたい」

左近は驚いた。

「人に教えられるほどのものではない」

「いいや、諸国を旅したそれがしにはわかり申す。貴殿には、これまで出会《でお》うたことのない強さを感じる。どうか、ご指南を」

「悪いが、断る」

「理由をお聞かせ願いたい」

詰め寄られて、左近は浅島を見下ろした。板場では、小五郎とかえでが見守っている。

左近はふと、ため息をつき、理由を告げた。

「面倒じゃ」

にやりとすると、浅島が呆《ほう》けたような顔をして、小五郎とかえでは、顔を見合わせて吹き出した。

それでも、浅島はあきらめなかった。

「頼む。相手をしてくれ。このとおり」

手を合わせて、懇願《こんがん》した。

「剣の腕を磨いて、何をするつもりだ」

左近が訊くと、浅島は顔を上げた。目には力がなく、悲しげだった。

「同じ長屋の者を、斬らねばならぬ」

「旦那……」

太一が尻を浮かせたが、左近が制し、浅島に訊いた。

「何ゆえだ」

「果たし合いをする。わしは、奴にだけは負けとうない」

「果たし合いの理由は」

左近の問いに、浅島は目を泳がせた。

「そ、それは……」

「浅島の旦那、酔っぱらって約束したのでしょう」

権八が訊くと、浅島がため息まじりの返事をした。

「そうだ」

「それなら、いつものことじゃないですか。旦那たちは、言い合うだけで、ほんとは斬り合いをする気はないんでしょ」

「こたびは、そうはいかん。宇木の奴が、五日後だと言うてきた。いつもとは違うのだ」

「本気、ということか」

左近が訊くと、浅島がうなずいた。

「何ゆえ、本気になったのだ」

「それは、わからぬ」

「おれは話を聞いて不思議に思うたのだが、そもそも、おぬしたち二人は、なぜ仲が悪い」

浅島は左近を見て、さあ、と言って首をかしげた。

「わしも、どうして宇木のことが気に入らぬのか、さっぱりわからん。顔を見ていると、腹が立ってくるのだ」

「剣客として生きてきた者の、運命《さだめ》か」

「そのように格好がよいものではない。わしは、剣の修行の旅をしたと申しても、食うのがやっとで、旅の空で日雇い仕事をしながら生きてきた。宇木が素振りをするのを見たことがあるが、あれも、わしと大差ない腕前だ」

「その宇木とやらが、こたびは本気だと」

左近の問いに、浅島はうなずいた。

「ああ、本気だな、あれは。おそらく、仕官をするために、わしを斬って名をあげようとしているのかもしれぬ。仕官に有利になるように、果たし合いに勝ったことがあるとでも言いたいのではないだろうか」

「なるほど」

左近がうなずくと、太一が慌てた。

「新見の旦那、剣術を教えるなんて言わないでしょうね」

「うむ?」

「いけませんよ。浅島の旦那が強くなれば、宇木の旦那が斬られちまう」

「おい、太一、わしが斬られてもよいのか」

浅島に胸ぐらをつかまれた太一が、必死の形相《ぎょうそう》で言った。

「そ、そうじゃないですよ、旦那。お二人が同じ強さなら、勝負がつかないでしょう」

「馬鹿者、果たし合いはそのようなものではない。どちらかが、必ず死ぬのだ」

手に力を込めたので、太一が呻《うめ》いた。

「ぐ、ぐるしい」

「太一が死んじまうよ、浅島の旦那」

権八が手をつかむと、浅島が舌打ちをして、手を放した。

「とにかく、わしは死にとうないのだ。新見殿、頼む。剣術を教えてくれ。いや、お教えくだされ。このとおりじゃ」

「何度頼まれても、断る。意地を張らずに、果たし合いをせぬことだ」

左近がきっぱり言うと、浅島は肩を落として、戸口へ向かった。

「旦那、待ってくださいよ。旦那！」

太一が心配してあとを追い、戸口で思い出したように立ち止まると、見送りに出たかえでに銭を渡して、帰っていった。

「左近の旦那、どうしたら、果たし合いを止められますかね」

権八に訊かれたが、左近にも止める術《すべ》は思い浮かばなかった。

「武士と武士の果たし合いというものは、厄介《やっかい》なものだ。剣の腕に覚えのある双方が、あいさつのように交《か》わすぶんには問題ないが、片方が本気で申し込めば、片方の者はそれを受けねば恥《はじ》となる」

「それじゃあ、斬り合いになりますか」

「双方が同じ強さなら、まだ望みはある。朝から剣を構えて動けぬまま夜になり、引き分けることもあるのだ」

「なるほど」

権八が拳《こぶし》で手のひらを打った。

「それで左近の旦那は、剣術指南を断ったのですね。いやあ、さすがだ」

左近は、はなから教える気などなかったのだが、そういうことにしておいた。

三

「旦那、あの新見左近というご浪人は、ほんとに剣の腕が立つのですか？」

「太一、大工のお前が見てもわからぬのは当然だ。剣客というものは、目に見えぬものを感じるのだ」

「なんです？　それは」

「気だ。剣を極めた者は、相手の身体の内から出る気を感じることができる。未熟な者は気が薄く、所作《しょさ》にも隙《すき》がある。新見左近は、内に秘めた気が計り知れぬうえに、まったく隙がない。あれは、相当な遣い手だ」

「おれには、のんびりしたお人のように見えましたがね」

「今にわかる。明日はそれを見せてやるから、ついてこい」

「ええ、また行くんですか」

「当然だ。宇木に負けるわけにはいかんからな」

浅島はそう言って長屋の路地に入り、宇木の部屋を睨むと、自分の部屋に入った。

あとを追った太一は、やめておけと言おうとしたのだが、腰高障子をぴしゃりと閉められ、鼻を打った。

ぎゃっ、と声をあげて鼻を押さえていると、背後に人が立った。

太一が振り向くと、宇木が立っていたのだが、大きな目をぎろりと見開いて、帯をつかまれた。

物凄《ものすご》い力で引っ張られて路地から連れ出されると、表通りにある菜飯屋《なめしや》に連れていかれた。

中に入ると、格子窓《こうしまど》の横の長床几《ながしようぎ》に押しつけられ、その隣に宇木が座った。

ぬうっと顎を突き出し、睨まれた。

「な、なんですよう」

「新見左近とは、何者だ」

「な、なんのことで」

「とぼけるな」

——地獄耳の化け物か。

どうして知っているのか不気味に思っていると、宇木が顎を振って格子窓を示した。

「たった今、大声で話しながら歩いていたではないか」

言われてみれば、そうだった。

笑いでごまかそうとしたが、宇木の目力《めぢから》は、それを許さなかった。

「浅島め、助っ人を雇う気だな」

「ち、違いますよ。ほら、浅草の大工の権八さんをご存じでしょう。今日は、浅島の旦那と一緒に権八さんを訪ねていったのですが、新見様は権八さんのお知り合いで、たまたまおられたのですよ」

煮売り屋で共に飲んだ浪人だと教えたのだが、宇木は信じなかった。

「剣の遣い手だと申していたな」

「はい」

「腕を見込んで、助っ人を頼んだのであろう」

言われて、太一は正直に話すしかないと思った。

「違いますよ。手合わせをお願いされたんです」

「あ奴め、わしとの勝負を前に、稽古《けいこ》を頼んだのか」

「ええ」

「して、どうであった。腕を上げたか」

「いいえ、きっぱり断られましたから」

「ふふ、ふははは」

宇木は楽しげに笑った。

「そうか、断られたか。まあでも、稽古を頼むのも、助っ人を頼んだようなものだ。のう、そうであろう」

太一は、首をかしげた。

「あのう、旦那」

「なんじゃ」

「なんだか嬉しそうですが、どういうことです？」

「決まっているではないか。浅島は、わしの腕を恐れておるからこそ、今日知り合ったばかりの浪人者にすがったのだ」

「はあ……」

「太一」

「はい」

「この勝負、わしの勝ちだ。今日はおごってやるから、好きなだけ酒を飲め」

「へ？」

「おい、どんどん酒を持ってこい」

宇木が上機嫌で注文するので、太一は不思議そうな顔をした。

「旦那、おれには何がなんだか、さっぱりわからねぇんですがね。何にお勝ちになったので？」

「決まっておろう。賭《か》けだ」

「賭け？」

「そうだ。浅島の奴が、果たし合いの前に逃げ出すか、剣の腕を上げようとするか、はたまた、助っ人を頼むか。皆で賭けをしたのだ」

「皆って、誰とです」

「お前を除く、大工仲間とだ」

そこへ、小女が酒を運んできた。

「さ、飲め。明日は、今言ったことを皆に伝えてくれよ。そうすれば、わしに一両も入ってくるのでな」

それを聞いて、太一がぐい呑《の》みを荒々しく置き、立ち上がった。

「旦那、そいつは、ほんとうですかい」

宇木は、とぼけるような顔でぐい呑みを舐めると、太一を見上げた。

「そう怒るな。あいつにも、一杯飲ませてやるから」

「そういうことじゃないでしょう、旦那。浅島の旦那が知ったら怒りますよ。今度こそ、ほんとうに斬り合いになりますよ」

「心配するな、なりはせぬ」

「どうなっても、おれは知りませんからね」

背を返して帰ろうとした太一を、宇木が引き止めた。

「おい、明日は頼むぞ。一両がかかっておるのだからな」

太一は返事をせずに外に出ると、ぎょっとした。戸口の外の柱に、浅島が寄りかかっていたからだ。

「だ、旦那――」

太一の口を、浅島が制した。

「このまま、おれは何も聞いていないことにしろ」

「で、でも」

「いいな、太一」

刀の鍔《つば》に指をかけ、鋭い目で脅《おど》された。

太一は、ごくりと喉《のど》を鳴らしてうなずく。

浅島は菜飯屋の中に目を向けると、酒を飲んでいる宇木を見てほくそ笑み、太一の腕をつかんで長屋に帰った。

「太一」

「へい」

「明日は仕事を休め。わしと共に、新見左近のところに来い」

宇木のこともあるので、太一が迷っていると、浅島が立ち止まった。

「賭けごとの証言などしてみろ。その口を削《そ》ぎ落とすぞ」

「わかりやした。わかりやしたよ、旦那。おれも知らなかったんですから、そう怒らないでくださいよ」

「ふん、奴の酒を飲んだくせに、何を言うか」

「機嫌を直してくださいよ。あ、そうだ。今日はうちで飯を食ってください。女房に旨い物を作らせますから」

「そのような気を使わんでもいい。約束を守れよ、いいな、太一」

「へい」

「明日は昼前に出かける。仕事に行くんじゃないぞ」

浅島は念を押して、部屋に入った。

戸をぴしゃりと閉められて、太一は思い出したように、赤く腫《は》れた鼻を触った。

「まいったなぁ」

思わぬ二人の板挟みになり、厄介なことになったとつぶやいてため息をつくと、背中を丸めて部屋に帰った。

翌朝、宇木が、仕事に行くぞ、と言って迎えに来たのだが、太一は布団の中で丸まっていた。

「すみませんねぇ。うちの人、今朝から気分が悪いと言って、寝込んでいるんですよ」

女房が言ったが、宇木は遠慮なく土間に入ってきた。

「おい、太一。なんとか起きてくれ。例のことを皆に言うだけでも来られぬか」

「む、無理です、旦那」

太一は口を押さえて顔をしかめ、呻くように言った。

「おい、大丈夫か。相当辛《つら》そうだな。医者に診《み》せたほうがいいんじゃないか。わしが呼んできてやろう」

「大丈夫です。薬を飲みやしたんで、寝てりゃ治りますよ」

「そうか、ではしょうがない。楽しみは明日まで待つとするか」

「何を待つのです、旦那」

女房に訊かれて、

「いや、なんでもない、なんでもない」

宇木は機嫌よく言い、仕事に出かけた。

浅島の部屋の前を通る時に、ちょうど戸が開き、浮かぬ顔をした浅島が出てきた。

それを見た宇木が、

「おう、あと四日だな」

挑発するように言うと、

「わかっておる」

浅島は、不機嫌に応じた。

余裕の顔で、大手を振って普請場に出かける宇木の背中を見送り、浅島はほくそ笑んだ。

すぐに真顔を作り、

「宇木」

声をかけると、立ち止まって振り向いた宇木に言った。

「貴様、仕事に行くのか」

「おう。お前も早くせぬと、遅れるぞ」

「果たし合いをするというのに、ずいぶん余裕があるのだな」

そう言うと、宇木が一瞬目をそらした。

「お、おう。おれは、腕に自信があるのでな。お前には、負けぬ」

「そうか。では、わしはしばらく休むと、親方に伝えてくれ。いや、もう行けぬかもしれぬので、世話になったと、言っておいてくれ」

「行かぬとは、どういうことだ」

「決まっておろう。果たし合いで、お前に負けるかもしれぬからだ」

果たし合いなどする気がない宇木は、浅島の覚悟を聞いても、余裕の顔をしている。

「それは構わぬが、普請場を休んで何をする。修行でもするのか」

「むろんだ」

そう言うと、宇木が引き返してきた。

「ならば、自分の口で伝えたらどうだ。わしに斬られるなどと言わずとも、剣の修行の旅に出るとでも言えば、親方も機嫌をそこねはせぬ。ひょっとすると、餞《せん》別《べつ》をくれるかもしれぬぞ」

「金などいらぬ。では、頼んだぞ」

浅島はそう言うと、部屋に入った。

浅島の口から言わせて、賭けの金をいただこうとした宇木は、ちっと舌打ちをして残念がると、普請場に行った。

格子窓から見送る浅島は、

「今に見ておれよ」

騙《だま》された借りをきっちり返してやる、と言い、ほくそ笑むと、太一をたたき起こしに行った。

「起きろ、出かけるぞ」

すると太一が、へい、と応えて起きたので、女房が驚いた。

「なんだいあんた、仮病だったのかい」

「……これには事情があるんだよ」

太一はそう言うと、印半纏《しるしばんてん》を着て浅島と出かけた。


この日、新見左近は、お琴の家に泊まっていたのだが、昼を過ぎた頃に、店を出た。

藩主としての務めを果たすために、根津《ねづ》の藩邸に帰るつもりで足を向けたが、歩みはじめてすぐに、跡をつける者がいることに気づいた。

素知らぬ顔で、人通りが多い道を歩み、浅草寺《せんそうじ》門前を通っていた。

浅島は、通りを歩む左近の後ろ姿を見ながら、

「よいか、見ておれよ」

太一に言うと、木太刀《きだち》の柄に唾《つば》をつけ、人混みに交《ま》じって近づいた。

左近の真後ろで木太刀を振り上げ、

「隙あり！」

気合声を発しながら、渾身《こんしん》の力で打ち下ろした。

その刹那《せつな》、左近が身を横に転じてかわし、肩を狙って打ち下ろされた木太刀は、むなしく空を斬った。

浅島は空振りした木太刀を振るい、ふたたび左近の腹に向けて斬り上げようとしたのだが、それより速く踏み込んだ左近に、閉じた扇子《せんす》を喉元に突きつけられた。

これが刃物ならば、喉を突かれている。

ぱっと離れた浅島は、木太刀を置いて地べたに膝をついた。

「まいりました」

左近は、相手が浅島だとようやく気づいた。

「おぬしであったか」

「はい」

明るい顔で言われて、左近はこころの中でため息をついた。

「人通りが多い場所で、なんのつもりだ」

「剣の腕を、試させていただいた。やはり思うたとおり、かなりの遣い手。勉強になり申した」

左近が警戒の目を向けると、

「あいや、弟子にしてくれとは申しませぬ。今ので、十分にござる。これで、技を極めることができました。しからば、ごめん」

大仰《おおぎょう》に言い、深々と頭を下げると、左近の前から立ち去った。

浅島の背中に振り向いた左近は、

「変わったお人だ」

独りごちて笑うと、根津の屋敷に帰っていった。

その背後では、太一のところに戻った浅島が、満足そうな顔をして言った。

「今のを見たか」

「見ました。あんなのは初めてです。まるで、背中に目がついているようだ」

「あれが、新見左近の剣術だ。並の遣い手ではない」

「でも旦那、今ので十分だとおっしゃいましたが、弟子にしていただかなくていいので？」

「見ていなかったのか」

「何をです?」

「新見左近は、相手がわしと知って、奥義を見せてくれたのだ」

手刀《てがたな》を太一の喉元に突きつけて、あれが新見左近の奥義だと、嘘《うそ》を言った。

「剣を極めた者は、相手の技を見ただけで、盗むことができるのだ。これで、宇木に負けることはない」

「旦那、果たし合いは嘘ごとだったのですよ」

「申したであろう。わしは、聞いておらぬ」

太一がぎょっとした。

「ま、まさか、本気で果たし合いをなさるおつもりで?」

「奴がひざまずいてあやまれば、やめてやる……太一」

「へい」

「わしは今から、新見左近に伝授してもろうた技を極める。お前は普請場に行き、宇木に逃げるなと伝えてくれ」

「旦那ぁ」

「さ、行け」

追い払うようにすると、太一は泣きそうな顔をして、湯島天神下の普請場に向かった。

　その背中を見送った浅島は、太一からこのことを聞いた宇木の顔を想像して、舌を出してほくそ笑んだ。

「宇木の奴め、ひざまずいたら、尻を蹴飛ばしてやるわい」

　そう言うと、うきうきしながら料理屋の暖簾《のれん》を潜《くぐ》り、酒を注文した。

四

「おい、具合はもういいのか、太一」

　普請場に着いた太一に、仲間が声をかけてきた。

「ああ、大丈夫だ。宇木の旦那はどこだい」

「奥で木を削っておられるぜ」

「親方もおられるかね」

「親方は、家主の旦那と相談中だ」

「そうかい」

　そのほうが都合がいい、と言った太一が庭に入ると、宇木は見事な手つきで、材木に鉋《かんな》をかけていた。

「宇木の旦那」

声をかけると、手を休めた宇木が、したり顔で手招きした。

「おいみんな、証人が来たぞ、銭の用意をしろ」

賭けのことを言ったが、太一は小声で教えた。

「それどころじゃねぇですよ、旦那」

「うむ？　何かあったのか」

「浅島の旦那は、本気で果たし合いをするおつもりですよ」

「心配するな。奴にそのような度胸はない」

「それはどうでしょう」

太一が心配するので、宇木は眉をひそめた。

「どうでしょうとは、どういうことだ」

二人を心配するあまり、太一は正直に話した。

「賭けのことが、浅島の旦那にばれたんですよ」

「何！　どうしてだ」

「昨日、菜飯屋で話していたのを、戸口で聞かれていたんです」

「そうか。まあ、それならそれでよいではないか。言う手間が省《はぶ》けた。さ、賭けは賭けだ、みんなに、助っ人を頼もうとしたことを教えてやれ」

「ですから、浅島の旦那は本気なんですってば。賭けをするための嘘だったと言っても、宇木の旦那と勝負をするおつもりですよ」

「新見左近とやらを、助っ人に雇ったのか」

「いえ、そうじゃないんです」

「では、稽古をつけてもらうのか」

「ええ。先ほどこの目で見たんですが、新見の旦那は、とんでもなくお強いですよ」

「見ただと？　お前、気分が悪いと言うておったではないか」

太一が口を押さえた。

「まあいい。それで？　奴は今も稽古をしているのか」

「いえ」

「ふん、だろうな。一度や二度稽古をしたからといって、すぐに上達するものか」

「呑気《のんき》なことを言っている場合じゃないですよ」

「うむ？」

「浅島の旦那は、新見の旦那から奥義を伝授されたと、喜んでおられます」

「何、奥義だと」

「はい。そりゃもう、すげぇですぜ。おれは、あんなの見たことがないですよ」

剣術を知らぬ大工の太一にとって、左近が見せた動きは、さぞや達人に思えたに違いない。

それを奥義だと言った浅島の嘘を信じているのだから、宇木に伝えるのにも熱が籠《こ》もる。

宇木は、浅島の策にまんまと嵌《は》まり、顔面を蒼白《そうはく》にした。

「その奥義で、わしを斬ろうというのか」

動揺する宇木を見て、話を聞いていた大工たちが近づき、各々《おのおの》が口を開いた。

「宇木の旦那。今回は、悪ふざけが過ぎたんじゃないですか」

「だな。浅島の旦那は真面目なお人だから、宇木の旦那が本気だと思って、新見なんとかっていう浪人さんに剣を習ったんでしょう。嘘だと知っても、引っ込みがつかなくなったんじゃないですか」

「まして、賭けをしたのがばれたんだ。意地を張りたくもなりまさぁ」

などと言いながら、心配している。

「旦那、今回は、あやまったほうがいいんじゃないですか」

年配の大工に言われて、宇木が口を尖《とが》らせた。

「仕方ない。酒でもおごってやるか」

そう言うと、太一がかぶりを振る。

「旦那、それだけじゃ、無理ですよ」

「ああ？」

「浅島の旦那は、旦那がひざまずいてあやまれば許してやる、と言われました」

「なんだと！　あの野郎、なんの剣術か知らんが、奥義を身につけたくらいで調子に乗りおって」

宇木は怒り、壁に立てかけていた自分の刀をにぎると、柄に手をかけた。抜くのかと思いきや、ぐっとこらえて、刀を下ろした。

「奴は今、どこにいる」

「奥義を極めるとおっしゃってましたので、どこかの林か竹藪《たけやぶ》で、刀を振るっておられるんじゃないですか」

太一に言われて、宇木は自分の刀を見た。ちっ、と舌打ちをして壁に立てかけると、皆に言った。

「賭けは賭けだ。金をよこせ」

手を出して賭け金を集めて回ると、一両分の小銭を懐《ふところ》に入れ、皆を見回した。

「どうだ。果たし合いにどちらが勝つか、賭けてみるか」

そう言うと、大工たちが驚いた顔をしている。

宇木は、構わず訊いた。

「まずは、浅島が勝つと思う者」

誰も手を挙げなかった。

「やめましょうよ、旦那」

大工の一人が言うと、皆も止めた。

「奴に頭など下げられるか！」

宇木が怒って背を向けた。

「大変だぁ」

と、大声をあげて大工仲間が駆け込んだのは、その時だ。

「どうした！」

太一が訊くと、その者は震える手を外に向けた。

「あ、浅島の旦那が、そ、そこで、旗本と喧嘩《けんか》してる」

旗本と聞き、皆絶句して顔を見合わせた。

舌打ちをした宇木が、案内しろと言って、刀を手に飛び出したので、太一たちもあとを追った。

「人殺し！」

外に出ると、女の悲鳴が聞こえた。

斬り合いになっているものだと思い、宇木も太一も必死に走った。

「あそこだ」

大工仲間が指差した表通りの店先では、酒の徳利《とくり》を提《さ》げた浅島が、抜刀《ばっとう》した旗本と対峙《たいじ》していた。

「斬り合いだ！」

という声に人が集まり、宇木たちの行く手を野次馬が邪魔した。

その野次馬をどかせて前に行くと、

「何をぬかすか！」

怒鳴り声がした。

「わしは直参《じきさん》旗本、江草庄三郎《えぐさしょうざぶろう》だ。断じて、おなごの尻など触っておらん！」

「しつこく触ったから、女がこうして助けを求めたのではないか」

浅島の後ろには、町の若い女が怯《おび》えた顔で立ちすくんでいた。

「触ったのではない。女がわしの刀に触れたゆえ、咎《とが》めておったのだ」

「いやらしい目で身体を触るのが咎めとは、妙な仕置きだ。聞いたことがない」

「黙れ！　浪人の分際で偉そうに言いおって。許さぬ！」

旗本が刀を構えると、野次馬の中から、ふたたび悲鳴があがった。

浅島は咄嗟《とっさ》に、徳利を投げつけた。

旗本は刀で払い、店の柱に当たって割れた徳利の中身は空だった。

「浅島の旦那、酔っていますぜ」

止めに入ろうとした太一を、宇木が止めた。

「奥義がどのようなものか、お手並み拝見といこうじゃないか」

「旦那――」

「心配するな。斬られるようなことはない」

宇木はそう言うと、腕組みをして、野次馬の一人になった。

浅島が左足を引き、鋭い目をして刀の柄に手をかけると、旗本が一歩下がった。

それほど、浅島の構えに迫力があったのだ。

抜刀術《ばっとうじゅつ》を遣うと悟《さと》ったらしく、旗本は上段に構えていた刀を、正眼《せいがん》に構えなおした。

その怯えた表情を見て、浅島がふっと笑みを見せて刀から手を離すと、

「おのれ！」

隙と見た旗本が、刀を振り上げて斬りかかった。

宇木以外の野次馬の誰もが、斬られると思い目を覆《おお》ったが、浅島は旗本の懐に飛び込み、相手の腕をつかむや、

「とりゃっ」

手首をひねり、投げ飛ばした。

地面に落ちた江草が、右腕を傷《いた》めたらしく、苦悶《くもん》の表情を浮かべた。その鼻先に立った浅島の手には、奪い取った江草の刀がにぎられている。

切っ先を目の前に突きつけると、

「うっ」

江草は恐怖に目を見張った。

「去れ！」

浅島が一喝すると、江草は起き上がり、右腕を押さえて逃げようとした。

「待て！」

浅島は、ふんと鼻を鳴らして、刀を投げた。

江草は左手で刀を拾うと、

「どけい！」

野次馬を怒鳴り、道を空けさせて走り去った。

「すげぇや」

浅島が闘う姿を初めて見た大工たちが、ため息をついた。

だが、宇木は、睨むように見ている。

「あの程度のことなら、わしにもできる。相手が弱すぎたのだ」

皆にそう告げると、普請場に戻ると言って背を返した。

「太一」

「へい」

「今のが、新見とやらに習った奥義か」

「いえ、違います」

「ふん、ならばいい。今のを見て、奴との果たし合いが楽しみになった」

宇木はそう言うと、高笑いをして歩みを進めた。

太一は、どうしたらいいかと頭を抱えたのだが、この時、女の尻を触った旗本を浅島が懲《こ》らしめたことが、後日、大変な騒動へと発展する。

宇木は浅島にあやまらず、浅島も宇木を咎めないまま、日が過ぎた。

太一は気を揉んだが、とうとう果たし合いの日の朝を迎えてしまった。

約束の刻限を前に、浅島と宇木が、それぞれの部屋に引き籠もっていた時のことだ。

なんとか止めようとして、大工仲間や長屋の連中が、双方の部屋の前に集まり、思いなおすよう説得していると、長屋の路地に三人の侍が入ってきた。

黒塗りの編笠《あみがさ》を被《かぶ》り、濃い茶色の羽織《はおり》と袴を着けた侍たちが、長屋の連中を押しのけ、浅島の部屋の前に立った。

「浅島善五殿に用があってまいった。ごめん！」

大声をあげるなり、腰高障子を引き開けた。

襷《たすき》がけをして、果たし合いの支度を整えている浅島の姿を見て、侍たちが驚き、後ずさりした。

突然のことに驚いたのは浅島も同じで、ゆるりと足を踏み出し、何ごとかと警戒の眼差しを侍たちに向けている。

「浅島善五殿か」

「いかにも」

「拙者、江草庄三郎の身内、江草文四郎《ぶんしろう》と申す。腕の骨を折られた庄三郎の遺恨《いこん》を晴らすため、果たし合いを申し込む」

文四郎はそう言うと、懐から書状を取り出した。

どこで浅島のことを調べたのか、住処《すみか》を突き止めていた。

それもそのはず。

一旦は逃げていった庄三郎は、己より剣の腕が立つ従兄《いとこ》の文四郎を頼ることを思いつくと、痛む腕を抱えて引き返し、家に帰る浅島の跡をつけていた。

長屋を確かめた庄三郎は、文四郎宅を訪れて、一方的に難癖をつけられ、腕を折られたのだと泣きつき、怒った文四郎が遺恨を晴らすよう仕向けたのだ。

果たし状を突きつけられた浅島は、

「承《うけたまわ》った」

落ち着きはらった口調で言うと、書状を受け取った。

その様子を見ていた宇木は、侍たちが立ち去るとすぐさま部屋の外に飛び出し、背を返した浅島の肩をつかんだ。

「おい」

振り向いた浅島が、ふっと笑みを浮かべた。

「と、いうことになった。おぬしとの果たし合いは、日延《ひの》べさせてくれ」

「わ、わしは、構わぬが」

ほっとした言い方をする宇木に、浅島は笑みを見せて背を返した。

「待て、相手は旗本だ。わしが助っ人をしてやる」

「いらぬお世話だ。お前は、刀でも磨いて待っておれ」

「ずいぶん強気だな」

「当然だ。わしは負けぬ。また腕をへし折ってやるわい」

そう言って豪快に笑うと、部屋に入り、戸をぴしゃりと閉めた。

「果たし合いはいつだ」

戸越しに問われて、浅島は書状を開いた。

「明日の未《ひつじ》の刻《こく》(午後二時頃)。場所は浅草 聖福寺《しようふくじ》裏の野原」

答えた浅島が、戸を開け、集まっていた連中を見回した。

「誰か、聖福寺を知っておるか」

呑気に訊くも、笑う者はおらず、名乗り出る者もいなかった。ただただ黙り込み、旗本と果たし合いをすることになった浅島を、心配そうに見ている。

「わしが、案内してやる」

宇木が言い、未の刻だな、と刻限を確かめると、背を返して部屋の中に入った。

長屋の連中が声をかけようとしたのだが、浅島も戸を閉めてしまったので、止めることはできなかった。

「馬鹿野郎だよ！　侍という奴は！」

太一が、いたたまれなくなったように叫ぶと、自分の部屋に帰った。

その声を聞いた浅島は、険しい顔をして、鞘の塗りが剝げた刀を床に立てると、柄を見つめた。

五

翌日、支度を整えた浅島は、部屋の外に出た。

襷をかけた着物の上に無紋《むもん》の羽織を着て、袴は穴の開いていない物を着けている。

外で待っていた宇木が、浅島のなりを見て眉をひそめた。

「それで闘う気か」

「うむ。人を斬りとうはないのでな」

そう言った浅島は、鞘の塗りが剝げた大小を腰に差し、手には太くて長めの木太刀をにぎっていた。

この木太刀は、宇木との果たし合いに使うために、浅島が自分で作った物だ。それを左手に持ち、外で待っていた長屋の連中を見回して、

「では、まいる」

厳しい顔で告げると、路地を歩んだ。

「格好つけやがって」

案内役の宇木が言いながら、肩を並べてきた。宇木の手にも、細身の木太刀がにぎられている。

「おぬし、それはなんの真似《まね》だ」

浅島が木太刀を見て言うと、

「相手が助っ人を連れていた時のための備えだ」

宇木は前を向いたまま、素っ気なく答える。

「お前さん、大丈夫かい。二人は棒っ切れで闘う気だよ」

女房に言われて、太一が不安げな顔をした。

太一夫婦をはじめ、長屋の連中は、心配のあまり、浅島と宇木についていっている。

「お前さん！」

「うるせぇ、今考えてんだ、黙ってろい」

腕組みをした太一が、閃《ひらめ》いて手を打った。

「おめぇは先に行ってろ」

女房に言うと足を速めて前に行き、浅島と宇木にぺこりと頭を下げると、走り去った。

太一が向かったのは、権八のところだ。

祈りながら走り、晴れた空を恨《うら》めしげに見上げた。

「いてくれよ、頼む」

晴れている日は、権八は大工仕事に出ているはず。

普請場を知らない太一は、新見左近の居場所を煮売り屋に訊こうと思いなおし、

「どいてくれ」

道行く人に声をかけながら、走りに走った。

果たし合いの刻限まであと一刻（約二時間）余りという時に、太一は花川戸《はなかわど》町《ちょう》の通りに入り、女の客でにぎわう三島屋の前をへとへとになりながら進むと、煮売り屋の前に立った。

膝に両手をついて息を整えると、

「ごめんよ」

声をかけて中に入り、客を見回したが、権八と新見左近の姿はなかった。

「いらっしゃい。どうぞ」

店の女将《おかみ》に声をかけられて、太一は言った。

「すまねぇ、客じゃあねえんだ。新見の旦那を捜しているんだが、来ていないようだな」

左近を捜していると聞いて、かえでは小五郎を見た。

小五郎は、用件を探れ、と目顔で告げる。

「今日はまだいらっしゃってませんが、旦那に何か用があるのでしたら、伝えておきますよ」

「いつ頃来られるか、わかるかい」

「さあ、お忙しい方なので、はっきりとはわかりませんが」

「そうかい」

あてがはずれて、太一は肩を落とした。

「深刻な顔をされて、どうしたんです？　急ぎでしたら、家に伝えに行きますよ」

すると太一が、ぱっと顔を上げた。

「ほんとかい」

「ええ、たぶん、おられると思いますから」

「家はどこだい。遠いのか」

「谷中ですよ」

かえでは、ぼろ屋敷のことを教えた。

太一は、女将に頼むことにした。自分で行っても、左近が覚えているかどうか不安だったからだ。

「それじゃ、悪いが頼むよ」

「お安いご用ですよ。なんてお伝えします?」

「先日、おれと浅島の旦那が一緒に来たのを、覚えているかい。ほら、そこの床几で、新見の旦那と権八さんと飲んだんだが」

「ええ、覚えておりますとも」

「その浅島の旦那が、今から旗本と果たし合いをすることになっちまったんだが、新見の旦那に、来てもらえねぇかと」

かえでは驚き、小五郎を見た。

板場から出てきた小五郎が、

「つまり、助っ人を頼みたいのかい」

あるじに、果たし合いの助っ人などさせるわけにはいかないと思い、不機嫌に言った。

「これはおれが勝手に言っていることで、知り合いでもないのに厚かましい頼みなんだが、新見の旦那が来てくだされば、浅島の旦那も心強いと思うんだ」

「いったい、どうして果たし合いなどすることになったんだい」

小五郎が訊くと、太一は、浅島が女を助け、江草庄三郎の腕を折ったことを教えた。

「それを恨みに思った縁者が乗り込んできて、果たし状を突きつけたんだ」

すると、小五郎が険しい顔をした。

「そいつはずいぶん、乱暴な話だな」

「悪いのは旗本だ。腕を折られたくらいで斬り合いを申し込むなど、どうかしているよ」

「場所は」

小五郎に訊かれて、太一がすがるような顔をした。

「頼んでくれるのかい？」

「新見の旦那がどうなさるかわからんが、おれからも頼んでみよう」

「ありがてぇ」

小五郎とかえでが左近の家来だと知る由《よし》もない太一は、拝《おが》むようにして場所と刻限を言うと、浅島たちを追って走り去った。

「かえで、殿のところへは、おれが行く」

「かしこまりました」

客には聞こえぬ声で言葉を交わすと、小五郎は左近のもとへ走った。

果たし合いの場である浅草の野原は、浅草寺の五重塔《ごじゅうのとう》を遠く望むところにあるのだが、地主の寺が手をつけておらず、長年のあいだにすすきが群生《ぐんせい》する場所となっていた。

そのためか、時折この場では決闘がおこなわれ、死人も出ている。

今日の果たし合いの噂をどこで聞きつけたのか、見物の者たちが集まり、決闘をする当事者たちを今か今かと待っていた。

そんな中、先に到着したのは、江草文四郎だった。

黒染《くろぞめ》の着物と袴を着け、白い鉢巻《はちま》きに、白い襷を巻いた姿は凜々《りり》しく、見物人たちは、さすが旗本だと口々に言いながら、これからはじまる決闘に期待した。

わずかに遅れて浅島が到着すると、見物人たちからは、失笑が漏れた。

旗本の凜々しい姿にくらべ、浅島の身なりは薄汚く、背丈《せたけ》も低く、大工仕事でついた筋肉のせいで、武骨《ぶこつ》に見えたのだ。

しかも、鞘の塗りが剝げた大小を差し、木太刀と言うのは名ばかりで、荒削りの棒を持っているのだから、美しくない。

その姿は物見高い連中からは評判が悪く、

「こいつは、闘う前から負けてらぁ」

などと、野次を飛ばす者がいた。

長屋の連中は、野次に反発したものの、

「大丈夫かよう」

と、浅島を心配した。

「まあ、見ておれ」

浅島はそう言うと、羽織を脱ぎ、宇木に渡すと、決闘の場へ足を進めた。

道を空ける野次馬のあいだを通り、待ち受ける文四郎の前にゆくと、

「お待たせした」

頭を下げて、対峙した。

「なんの真似だ」

棒をにぎる浅島に、文四郎が不機嫌に言うと、浅島は笑みで答えた。

「わしは、人を斬るのが好かんのだ」

「馬鹿にしておるのか」

文四郎が怒ったが、浅島は目を鋭くして、棒を構えた。

その気迫に押されて、文四郎は思わず後ずさりした。

新見左近には勝てぬまでも、己がした剣の修行の旅は伊達《だて》ではないと、浅島は思っている。

並の剣客には負けぬという自信があるのだ。

「いざ」

浅島が一歩前に出ると、文四郎は下がった。

「おもしろい。少しは遣えるようだ。だが、これだとどうかな」

おい、と声をかけると、野次馬のあいだから、侍たちが駆け出てきた。

じろりと目を向けた浅島の前に、四名の侍が立ちはだかると、

「助太刀《すけだち》いたす！」

言うや、一斉に抜刀した。

「おのれ、はなからまともに闘う気はなかったな」

浅島が言うと、文四郎が前に出た。

「いかにもそうじゃ。浪人の分際で旗本にたてつくとどうなるか、身をもって知るがいい」

「むう」

浅島が、謀《たばか》られたと悔しがると、

「おい！　卑怯《ひきよう》だぞ！」

「そうだそうだ！」

「棒を持った者に五人でかかるのか！」

見物人から野次が飛んだ。

「黙れ！」

侍の一人が一喝して黙らせると、浅島を睨んだ。

「抜け！」

怒鳴られたが、浅島は刀を抜かなかった。

「浅島の旦那、大丈夫ですかね」

追いついていた太一が心配すると、宇木は舌打ちをした。

「ええい」

そう言って飛び出すと、

「わしが助っ人に入る」

叫びながら走り、浅島と肩を並べた。

すると、侍が睨んだ。

「貴様も棒で闘う気か」

「棒ではない、木太刀だ。用心せぬと、頭が割れるぞ」

そう言って、これも手作りの木太刀を構えた。

その姿を見て、一人の侍が歩み出ると、馬鹿にして言った。

「誰かと思えば、宇木康孝ではないか」

言われて、宇木が目を泳がせた。

「こ奴、わしのところに仕官の口を求めてきおった者だ。のう、宇木よ。自慢の刀を抜いて、皆に見せてやれ。自慢の、な」

そう言うと、仲間の侍がどういうことかと訊いた。

「こ奴は武士の魂《たましい》を売り払っておる。鞘の中身は竹光《たけみつ》だ」

「なるほど、それで棒を持ってきたのか」

仲間の侍が宇木のことを馬鹿にして笑い、浅島を睨んだ。

「まさか、貴様も竹光か」

「い、いや」

浅島は否定したが、目を泳がせた。自分のことはともかく、宇木が竹光を持っていたと知り、動揺していたのだ。

侍は、動揺している浅島を指差し、怒鳴った。

「そうであろう！　貴様も竹光ゆえ、恥ずかしくて抜けぬのであろう！」

浅島を責める侍の前に、宇木が出た。

「黙れ！」

宇木が叫び、木太刀を構えた。

「貴様らなど、これで十分じゃ！」

言うなり、気合声をあげて向かっていった。

慌てて構えた侍の刀を弾《はじ》き、

「たりゃあっ！」

丸い切っ先で胸を突くと、相手の足が宙に浮き、後ろに吹っ飛んだ。

相手が油断していたとはいえ、宇木の突きの威力は、見る者を驚かせた。これが真剣だったならば、深々と貫《つらぬ》かれていたはずだ。

「おのれ！」

助っ人の侍が袈裟《けさ》懸《が》けに斬ってきたが、宇木は身軽に一撃をかわし、

「たりゃあっ！」

必殺の突きを相手の顔に入れた。

顎の骨が砕《くだ》ける音がして、奇妙な呻き声をあげた侍が気絶して倒れた。

その強さに、見物人からどよめきが起きると、文四郎が険しい顔で睨んだ。

「何をしておる、斬れ！」

命じると、仲間の侍が前に出て、宇木の気を引いた。その隙に、もう一人が小《こ》柄《づか》を投げ、鋭い刃物が宇木の腕に突き刺さった。

苦痛に顔を歪《ゆが》めた宇木が片膝をつき、正面の侍が、斬りかかろうとして前に出た。

だが、浅島が地を蹴って宇木を跳び越えると、

「おりゃあっ！」

大音声《だいおんじょう》で叫び、棒を振り下ろした。

大木太刀《おおきだち》とも言える棒の威力は凄《すさ》まじく、慌てて刀で受けた侍を力でねじ伏せ、肩を打った。

骨が折れる鈍《にぶ》い音がすると、

「ぎゃあああっ」

悲鳴をあげた侍が刀を落とし、右肩を押さえて倒れ、激痛に耐えかねて転げ回った。

侍が浅島に怯えて後ずさり、文四郎が腕をつかんでどかせた。

「どいつもこいつも、役立たずめが」

言いながら、ぎらりと刀を振るって八双《はっそう》に構え、前に出る。

浅島が木太刀を上段に構え、

「やあっ！」

渾身の一撃を食らわせようと振り下ろしたが、文四郎は足を引いてかわした。

木太刀の切っ先が地面に触れるとすぐに、返す刀で打ち上げたが、

「むんっ！」

文四郎が刀を横に一閃《いっせん》すると、木太刀がすっぱりと両断された。

初めは浅島の剣気に身を引いた文四郎だが、庄三郎が頼るだけあり、なかなか

の遣い手だ。

両断された木太刀を見る間もなく払われた刃《やいば》で、浅島は危うく腕を斬られそうになった。

跳びすさってかわした浅島は、木太刀を捨て、刀の柄に手をかけた。

「やっと抜く気になったか」

文四郎が言い、刀を正眼に構え、流れるような動きで八双に転じた。

宇木が助っ人に入ろうとしたが、文四郎の仲間に斬りかかられ、もつれるように倒れた。

文四郎は目もくれず、まっすぐ浅島を見ている。

浅島は、刀の柄をにぎったまま、動かなかった。

「どうした、抜け！」

文四郎が目を見開き、気合声と共に斬りかかった時、浅島はついに、刀を抜いた。

両者が刀を振るった刹那、

――ばしっ！

という鋭い音がしたかと思うや、

「ぐわあっ！」

文四郎が刀を落とし、右の手首を左手で押さえた。その手のあいだからは、鮮血がしたたっている。

「お、おのれ！」

悔しさに顔を歪め、浅島を睨んだ文四郎は、目を見張った。

浅島の手ににぎられている刀は、真剣ではなく、竹光だった。

鋭く削られた竹光に、文四郎は手首を深々と斬られたのだ。

「まだやるか。それとも、勝負ありとするか」

浅島が竹光を納《おさ》め、真剣の脇差を抜刀すると、文四郎の目から力が抜けた。

「ま、まいった」

そう言って、がっくりとうな垂れたのである。

浅島は脇差を納刀《のうとう》し、宇木に顔を向けた。

宇木は、残りの侍を打ち負かし、尻餅《しりもち》をついて天を仰《あお》ぎながら、肩で息をしていた。

浅島が手を差し伸べると、

「いらぬことじゃ」

宇木は浅島の手を払いのけて立とうとしたのだが、足が立たない。疲れ果てていたのだ。

「やはり手を貸せ」

と言って手を伸ばしたので、浅島は助けて立たせると、肩を貸して歩んだ。

太一が駆け寄り、

「よかった。よかったぁ！」

涙を流して喜び、宇木に肩を貸した。

長屋の連中も、侍たちが逃げ去るのを見届けて駆け寄り、二人を囲んで大騒ぎしている。

その様子を、野次馬に紛《まぎ》れて見守っていた新見左近は、そばに控える小五郎に笑みを向けた。

「どうやら、出る幕はなかったな」

「はい。それにしても、二人とも竹光だったとは」

「二人がこれまで、本気で果たし合いをしなかったのは、互いに竹光だということを隠していたからであろう」

「すでに、武士を辞めていたということでしょうか。大工の技が冴《さ》えるのも、納得がいきます」

「おそらく、金のために手放したのであろう。浅島という男は、なかなかの曲者《くせもの》よ」

自分を不意打ちした浅島の意図がわからない左近は、別人を見ている気分だった。

「竹光で傷を負わせるなど、並の腕でできることではない。あの者は、武士を捨ててはおるまい」

左近はそう言うと背を返し、根津の屋敷に帰ろうとしたのだが、後ろから浅島と宇木の声が聞こえてきた。

浅島と宇木は、互いに竹光だったことを馬鹿にすると、苦笑いをした。

二人とも、とうの昔に、酒代にしてしまっていたのだ。

「何が、新見左近に奥義を習っただ。笑わせるな」

宇木が言うと、浅島が返した。

「果たし合いを本気ですると言われて、怖気《おじけ》づいていたであろう。ざまぁみろ」

「何を！　貴様、助けてやったのになんだ、その言いぐさは」

「誰も頼んではおらぬ」

「たわけ、わしがおらねば、今頃は死に顔をさらしておったわ」

「お前こそ、わしが助けたではないか。腕を少し傷めたくらいで、わめきおって」

「わめいておらぬ！」

「わはは、まあいい。それより、わしの奥義を見たか」

「何が奥義じゃ、竹光侍」

「太一、宇木の奴は、自分のことを申しておるぞ。おい、なんだ、ぼうっとして、聞いておるのか」

「はいはい、聞いてますとも」

「どっちが強いか、言うてみろ」

「それはですね――」

一行が遠ざかったため、太一がどう答えたのか、左近の耳には届かなかった。

「あの二人、また果たし合いの約束をしそうですね」

小五郎が呆《あき》れたように言うので、左近は笑った。

「似た者同士、楽しそうではないか」

第三話　居座り浪人

一

江戸の商業の中心地である日本橋界隈《にほんばしかいわい》は、今日も人通りが多く、ほとんどの店が、夕暮れ時になっても商《あきな》いを続けている。

そんな日本橋の一等地に、扇屋《おうぎや》の佐野屋《さのや》があるのだが、初代の吉左衛門《きちざえもん》が京の都《みやこ》から移住して店を開いたのが三十数年前で、初めはこぢんまりとした商いをしていた。

量より質、値は張るが、品物に見合う値づけを崩さぬ商売の仕方が上流の客たちに認められて、大奥や大名家への出入りを許されるなど、その名は江戸中に知られていた。

その初代が十年前にこの世を去り、息子が二代目吉左衛門を名乗った。

二代目は身代《しんだい》を潰すなどとよく言われるが、佐野屋の二代目は、父親に負けぬ商いの才覚を持っており、庶民にも買える良質の扇子《せんす》を販売したことで、客の数が一層増えた。

四谷《よつや》や浜松町《はままつちょう》にも小店を出して成功させ、本宅の金蔵には金が唸《うな》っていると噂《うわさ》されるほどの、大店《おおだな》になっていた。

佐野屋には、おこねと言う年頃の一人娘がいるのだが、吉左衛門は娘をたいそう可愛がり、めったに人前に出さなかったので、客たちのあいだでは、

——顔を見た者は、その年にいいことがある。

などという迷信が生まれるほどであった。

店には、おこねを目当てに通う客の他に、年が明けて新しい扇子を買い求めようとする者、自分の店に置くために品物を仕入れに来る者、中には、自ら足を運ぶ身なりのいい侍もいる。

似たような扇屋は他にもあるのだが、佐野屋にはひっきりなしに客が入り、出てくる者は、必ずと言っていいほど品物を手にしている。

そんな佐野屋であるから、悪しき眼差しを向ける者もいた。

雨が鬱陶《うっとう》しいこの日も、白金《しろかね》にある廃墟《はいきょ》の中で、佐野屋についていろいろと情報を交《か》わす者たちがいた。

廃墟といっても、表の見た目だけで、一歩中に入れば、障子の紙も破れていないし、襖《ふすま》も、金箔《きんぱく》が蠟燭《ろうそく》の明かりに輝く豪勢な物が使われている。

その部屋の上座に膝《ひざ》を揃《そろ》えて座る男は、町人髷《ちょうにんまげ》を結《ゆ》い、月代《さかやき》もきれいに整え、真新しい着物を上品に着こなして、どこから見ても、大店のあるじといった風体《ふうてい》だ。

「ほんとうに、佐野屋には金が唸っているのか」

そう言って、下座の若者を見つめる目は、背筋が凍るほどに、冷徹なものに変わった。

「噂では、二万両はくだらないとか」

男に両手をついて佐野屋の情報を教える若者は、これもまた大店の若旦那といった風体で、顔つきも爽《さわ》やかではあるが、手のひらには剣だこがあり、着物に隠れた身体には鋼《はがね》のような筋肉をまとった、剣の遣《つか》い手《て》だ。

歳が十《とお》ほど離れているこの二人は、大店のあるじ風のほうが仁丸《じんまる》、若旦那風のほうが源丸《げんまる》と言い、兄弟である。

生まれも親の素性《すじょう》も知らぬこの兄弟は、盗賊に育てられ、人を殺し、人の物を奪うのが当たり前のように仕込まれ、生きてきた。

昨年、親がわりの頭《かしら》が死んだのを機に、兄弟は隠し金の五百両を奪い、仲間を捨てて旅に出た。

西国《さいごく》の田舎町《いなかまち》で細々《ほそぼそ》と盗みをして生きるのがいやになり、日《ひ》の本《もと》に名が知られる大盗賊になるために江戸に来たのだが、五百両もの金があったせいで、盗みなどする気になれず、遊び暮らしていた。

その金が心もとなくなったので、そろそろお勤めをしようかと、弟の源丸が言い出した。

だが、仁丸は、ただ押し込み、家人を皆殺しにする急ぎ働きをするのは危険だと言ってすぐには動かず、新たな手を考えていた。

将軍家お膝下《ひざもと》の町だけに、夜の見廻りも厳しく、町境にある木戸の存在が、仁丸を慎重にさせていたのだ。

で、長らく考えた末に閃《ひらめ》いた計画を実行するため、まずは手下を二人雇い、目をつけた佐野屋を、十分に調べ上げていたのだ。

仁丸は、源丸に並んで座る手下に目を向け訊《き》いた。

「竹上氏《たけがみうじ》、佐野屋をやることに決めたが、手はずはいいかい」

竹上は刀を持ち、睨《にら》むようにして笑みを浮かべた。人相の悪い、ならず者である。

仁丸はうなずき、言った。

「では、抜かりのないように頼むよ。互いに、いい思いをしようではないか」

「楽しみだ」

「今日はこれで、一杯やってくれ」

仁丸が一両分の小粒金が包まれた四角い紙包みを渡すと、竹上は懐《ふところ》に入れて、部屋から立ち去った。

目で追っていた源丸は、襖が閉められてしばらく黙っていたが、竹上が廃墟の敷地から去った頃合いを見計らって、仁丸に言った。

「兄者《あにじゃ》、ほんとうに、うまくいくのか」

「心配するな。吉左衛門は、必ず言いなりになる。このぼろ屋とも、今日でおさらばだ。明日からは、豪商の家で贅沢三昧《ぜいたくざんまい》だ」

仁丸はそう言うと、くつくつと笑った。

翌日の夕暮れ時になると、吉左衛門は丁稚《でっち》を供に店を出て、寄り合いに出かけた。

日本橋に店を構える旦那衆との寄り合いは、決めごとの相談をするというのは建前で、月に一度の顔見せを兼ねて、料理茶屋で芸者をあげて、酒を酌《く》み交《か》わすのだ。

金蔵にはたんまりと小判が眠っている吉左衛門ではあるが、羽振りのいいところなどは微塵《みじん》も見せず、芸者とどんちゃん騒ぎをする他の旦那衆を横目に、おとなしく酒を飲んでいた。

若い芸者が手を引いても、

「いや、わたしは」

と言って、やんわりとかわし、顔見知りの年増の芸者と話をしながら酒を飲む。

話といっても、話題は愛娘《まなむすめ》のことばかりなので、女にもてるはずもなく、相手をしている芸者も、他の旦那衆から小判を胸元に差し入れられて喜ぶ芸者仲間たちを、うらやましそうに見ている。

吉左衛門は、酒宴の盛り上がりが頂点に達したのを見計らうと、

「そろそろ、お暇《いとま》をしようか」

つぶやくように告げて、杯《さかずき》を置いた。

いつものことなので、芸者も引き止めない。

吉左衛門は、こっそり座敷を抜けると、表に出た。

見送りをする女将《おかみ》には、たっぷりと心づけを渡し、町駕籠《まちかご》に乗り込んだ。

「またのお越しをお待ちしております」

頭を下げる女将に、

「今年は、いい扇子が入っているよ」

抜かりなく商売っ気《け》を出すと、にやりと笑みを浮かべて、帰途についた。

駕籠かきの調子のいい声を聞いているうちに心地よくなり、吉左衛門は、うつらうつらと船を漕《こ》ぎはじめた。

駕籠が突然止まり、駕籠かきの悲鳴があがったのに気づいて、吉左衛門は目をさました。

丁稚が落としたちょうちんが燃え上がっているのに驚き、

「どうしたんだい！」

声をあげると同時に、駕籠が地べたに落とされた。

尻と腰に衝撃が加わり、激痛に呻《うめ》くと、目の前に白刃《はくじん》が向けられた。

「ひっ」

ぎょっとして見ると、覆面をした浪人風の男に、

「出ろ！」

鋭い口調で命じられた。

丁稚の身を案じると、別の男に刀を向けられ、駕籠かきと一緒に座らされている。命じられるまま駕籠を降りたが、あたりは暗く、寝ていた吉左衛門は、ここがどこだかわからなかった。

「か、金なら渡しますので、命ばかりは」

懐から財布を取り出し、震える手で差し出すと、覆面の男はむしり取るようにして奪った。

「ある者に頼まれて、貴様の命をいただく。恨《うら》むなよ」

覆面の男はそう言うと、刀を振り上げた。

殺されると思った吉左衛門は、恐怖に声も出せず、目をつむった。

「何をしておる！」

怒鳴り声がしたのは、その時だ。

吉左衛門が目を開けると、覆面の男が振り向き、駆け寄る者に刀を向けて構えた。

「おのれ、物取りだな」

駆け寄った者は言いながら、抜刀《ばっとう》した。

覆面の男が、邪魔をするなと叫んで斬りかかるや、助けに入った者が刀を弾《はじ》き上げて離れ、対峙《たいじ》した。

助けに入った男が刀を峰《みね》に返すと、

「こしゃくな」

覆面の男が言い、ふたたび斬りかかった。

またもや刀は弾かれ、

「えいっ」

額《ひたい》を打たれると、覆面の男は、悲鳴をあげるでもなく棒立ちになり、一歩二歩とかがむようにして足を進め、真っ暗な堀に頭から落ちた。

「竹上さん！」

大声をあげたもう一人の曲者《くせもの》が、丁稚と駕籠かきに向けていた刀をひるがえし、

「おのれ、よくも！」

そう言った刹那《せつな》、刀を構えなおす間もなく、背後の闇から首の急所を打たれ、言葉にならぬ声を発すると、目を見開き倒れ伏した。

その足下《あしもと》には、別な男が立っていた。

峰に返した刀を鞘《さや》に納《おさ》めた二人の男は、麻《あさ》の着物を着て、髪を武家髷《ぶけまげ》に結い直している仁丸と源丸だった。

どこから見ても、大名家か旗本家の者だとしか思えぬ二人の侍に助けられ、吉左衛門は地べたに平伏《へいふく》して、礼を言った。

「礼などはよい。それより、怪我《けが》はないか」

「はい。おかげさまで」

「また襲われるかもしれぬので、家まで送ってやろう」

「ありがとう存じます」

安心した吉左衛門は、駕籠に乗ると、家に急がせた。

日本橋の店に着くと、丁稚が戸をたたいて帰りを告げた。

潜《くぐ》り戸《ど》を開けて顔をのぞかせた手代《てだい》が、見知らぬ侍がいるのを見て不思議そうな顔をしたので、丁稚が、命を助けられたのだと教えた。

「なんですって！」

目を見張った手代が、駕籠から降りる吉左衛門に駆け寄った。

「旦那様、お怪我はございませんか」

「ああ、大丈夫だ。それより、駕籠代を頼む。酒手《さかて》も忘れるんじゃないよ」

「はい」

手代が駕籠かきに銭を渡すと、

「今日は危ない目に遭《あ》わせたね。これに懲《こ》りず、また頼むよ」

吉左衛門はそう言って帰し、侍たちに向きなおって頭を下げた。

「どうか、中にお入りください」

「気を使わずともよい」

断ろうとする仁丸に、吉左衛門がさらに腰を低くしてすがるように言った。

「いえ、それでは困ります。ささ、お入りください。利助《りすけ》、酒肴《しゅこう》の用意を」

吉左衛門が命じると、手代は中に入り、使用人たちに声をかけた。

吉左衛門に手を引かれるまま、

「では、お言葉に甘えようか」

仁丸は源丸に言い、潜り戸から中に入った。

さすがは名高き大店。

仁丸も源丸も、その広さと品数の多さに驚いたが、侍らしく、顔色を変えずにいた。

「さ、奥へどうぞ」

吉左衛門は、命の恩人を下にも置かない歓迎ぶりで、佐野屋の母屋《おもや》で一番の客間に通した。

燭台《しょくだい》を部屋の四隅に置き、明々《あかあか》と照らされた部屋には、南蛮渡来《なんばんとらい》の豪華な敷物が敷かれ、床の間には、高価な青磁《せいじ》の壺《つぼ》が置かれている。

松の大木が描かれた襖の見事さもさることながら、仁丸兄弟の目を奪ったのは、金色に輝く茶釜《ちゃがま》だ。

純金ならば、相当値が張る代物《しろもの》だが、ここでも、仁丸兄弟は落ち着きはらった態度を保ち、武家の品格を示した。

上座を示されたので、床の間を背にして仁丸が座り、弟の源丸は、武家の作法にのっとり、仁丸の左側に行き、一段下がった位置に座った。

吉左衛門が下座に着いて程なく、通いの番頭が呼び出されてくると、二人に頭を下げた。

「番頭の久米八《くめはち》でございます」

「久米八、このお二方は、わたしの命の恩人だ。粗相《そそう》のないように頼むよ」

「かしこまりました」

一旦下がり、戻ってきた番頭の手には、袱紗《ふくさ》がにぎられていた。

それを受け取った吉左衛門が、二人の前に歩み寄って座りなおし、

「これは、お礼の気持ちにございます」

頭を下げて、差し出した。

袱紗の具合で百両と見積もった仁丸は、押し返した。

「我らは人として当然のことをしたまで。礼は受けぬ」

「そうおっしゃらずに」

押し返そうとする吉左衛門を仁丸が制し、厳しい顔をして言った。

「それより、佐野屋。おぬし、命を狙われておるのではないか」

「ええっ？」

吉左衛門は、いぶかしそうな顔をした。

「人に頼まれたという曲者の声が聞こえたが」

仁丸が言うと、曲者が放った言葉を思い出した吉左衛門が、はっとした。

「確かに、そう言っておりました」

「心当たりはあるか」

番頭と顔を見合わせ、しばし考えた吉左衛門が、首をかしげた。

「思い当たる節《ふし》はございません」

「一人もか」

「はい」

すると、仁丸がため息をついた。

「それは厄介《やっかい》だな。あの様子だと、本気で命を取ろうとしていた。このままでは、また狙われるぞ」

「旦那様」

番頭が心配すると、吉左衛門がうなずいた。

「すぐに、番屋に届けよう」

「それもよいが、もっといい方法があるぞ」

仁丸が言うと、吉左衛門と番頭が顔を向けた。

「どうすればよろしいでしょうか」

番頭が、藁《わら》にもすがるような顔をして訊くので、仁丸は右側に置いていた刀を持ち、自分の前に立ててみせた。

「今宵《こよい》、命を助けたのも何かの縁。わたしたち兄弟を、用心棒にしてみぬか」

「しかし、ご迷惑では」

番頭が探るような目を向けたので、仁丸は言った。

「拙者、名を木村仁之介《きむらじんのすけ》と申す。これに控えるは、弟の源之介《げんのすけ》。かつてはさる大名家に仕《つか》えていたが、今はゆえあって浪々の身。二度の食事と寝る場所を約束いただけるなら、暗殺をくわだてる者が捕まるまで、お命をお守りいたす」

仁丸が言うと、源丸も刀を立ててみせた。

二度の飯と寝床だけで、凄腕《すごうで》の二人が雇えるとなると、これほどいい話はない。

だが、安い物に手を出すと、結局、高くつく。

商いの鼻が利く吉左衛門は、二人に尋ねた。

「何ゆえ、給金はいらぬのです」

すると、仁丸が懐に手を入れて、胴巻きを取り出した。頭の隠し金五百両の残りだが、ざっと百両はある。

「我らは、金には困っておらぬ。申し出たのは、せっかく助けたおぬしの命を守ってやろうと思うたまでのこと」

「ほんとうに、よろしいのですか」

「暇《ひま》な浪人暮らしだ。遠慮はいらぬ」

「では、よろしくお願いいたします」

吉左衛門は、命の恩人である二人が用心棒をしてくれることに安心し、番頭と共に頭を下げた。

源丸が顔を向けると、仁丸は、してやったりという目を向け、不敵な笑みを浮かべた。

二

翌朝、佐野屋に南町奉行所の同心が来た。

念のため番屋に届けることを番頭からすすめられ、吉左衛門が手代を向かわせたのだ。

御用聞きから知らせを受けた南町の定町廻り《じょうまちまわ》同心《どうしん》は、佐野屋と聞いて放っておくはずもなく、すぐさまやってきた。

「亀倉《かめくら》様、お手数をおかけします」

吉左衛門が店の座敷で迎えると、亀倉は刀を鞘ごと抜いて、上《あ》がり框《かまち》に腰を下ろした。

「佐野屋、昨夜命を狙われたと聞いたが、まことか」

「はい」

「どこで狙われた」

「芝口《しばぐち》近くのお堀端で、蔵が並んでいるところです」

「人気《ひとけ》が少ないところだな。何ゆえそこを通っておった」

「伏見町《ふしみちょう》で、寄り合いがございましたもので」

「さようか」

亀倉は腕組みをして考えた。

「命を狙われたと聞いたが、心当たりは」

「それが……一晩考えても、わからないので」

「ほんとうに、曲者は命をもらうと申したのか。物取りではないのか」

「はい。確かに、この耳で聞きました」

「聞いたと申してもな、心当たりがないのでは、捜しようがないぞ」

「はあ」

「まあいい。このあたりの夜廻りを厳重にしてやる」

亀倉はそう言うと背を向け、腰に回した袖《そで》から手を出した。

付け届けの催促《さいそく》だ。

吉左衛門が、三両も包んだ紙を手に置くと、重みに納得した亀倉が袂《たもと》に納め、咳払《せきばら》いをして立ち上がった。

「今夜から見廻りを厳しゅうするので、安心いたせ。何か思い出したら、いつでもいいから番屋に届けろ。よいな」

「はい」

「心配なら、用心棒を雇うことだ」

「そのことなら、大丈夫でございます」

「もう雇ったのか」

「はい。命を救っていただいたお方が、夕べからいてくださいます」

「ほぉう、ずいぶん手回しがいいじゃないか。ちょいと呼んできてくれ、顔を見たい」

話がうますぎると思ったのか、亀倉はいぶかしげな顔で言った。

「お待ちを」

応じた吉左衛門が奥へ行き、襖越しに声をかけた。

「木村様」

「うむ」

「南町奉行所のお方が、お会いしたいそうです」

程なく、襖が開けられた。

脇差を帯《お》びた仁丸が応じると、共に店に向かった。

現れた仁丸に、亀倉は見定めるような眼差しを向けた。

「おぬしが、曲者を追い払ったのか」

「はい」

「おぬしの名は」

年上と思《おぼ》しき同心に敬意を払い、仁丸は膝を揃えて座ると、頭を下げた。

「木村仁之介と申します」

「浪人者か」

「はい」

「それにしては、よい着物を着ているな」

「親が遺《のこ》してくれた蓄《たくわ》えがございますので」

「ほぉう」

亀倉が疑いの目を向けると、吉左衛門が教えた。

「このお方は、お金にお困りではないのですよ。現に、礼は二度の食事と、寝床だけでよいとおっしゃいまして」

「金がいらないだと？」

　ますます怪《あや》しいと、亀倉は目を細めた。

　吉左衛門が、懐に百両の大金を持っていることを教えると、亀倉は目を丸くした。

「なるほど。しかし、飯と寝床だけで用心棒を受けるとは、物好きよのう。ほんとうは、蔵の金が目当てではないのか」

「お疑いは至極《しごく》当然のこと。このようなお節介焼《せっかいや》きは、そうはおらぬでしょうからな」

「違うのか」

　そう言われて、仁丸は、じっと亀倉を見た。

　両手を膝に置き、正座している姿は隙《すき》がなく、亀倉には、悪い人物には見えなかった。

「なるほど、さすがは吉左衛門だ。貴殿に助けてもろうたとは、運がよい」

「おそれいります」

　吉左衛門が、嬉しげな顔で頭を下げた。

　亀倉は、仁丸に訊いた。

「して、相手はどのような奴だった」

「食うために人を殺《あや》める輩《やから》と見ました」

「そのような者を、なぜ斬らなかった」

「それがしは多少の剣術を遣いますが、人を斬ったことがないのです。相手が悪党でも、人は人。殺めることはできませんでした」

　仁丸の嘘《うそ》を、亀倉は信じた。

「なるほど。その気持ちはわからぬでもない。だが、用心棒をするのであれば、次は逃がさぬことだ。命を取らずとも、捕らえることはできよう」

「昨夜は、仲間が現れるのを恐れて立ち去りましたが、次は必ず」

「うむ。わしも目を光らせておるが、なにぶん受け持ちが広いので、手が回らぬ時もある。ゆえに、おぬしのような者がおってくれるのは助かる。佐野屋を、よろしく頼むぞ」

「かしこまりました」

「佐野屋の命を狙う黒幕はわしが捕らえるゆえ、何かわかればすぐに知らせろ」

「はい」

　仁丸が約束すると、亀倉は偉そうにうなずき、御用聞きと共に帰っていった。

　この亀倉の訪問は、仁丸と源丸の肝《きも》を冷やしたのだが、亀倉が仁丸の目の奥に潜《ひそ》む悪意を見抜けなかったことで、二人にとっては、思わぬ幸運となった。

吉左衛門が、日頃頼りにしている同心のお墨付《すみつ》きをいただいたと言い、大喜びしたのだ。

すっかりこころを許した吉左衛門は、若い源丸を気に入ったらしく、奥の離れ座敷に隠して会わせなかった愛娘を、妻ともども表に連れてくると、改めて昨日の礼を言わせたのである。

三《み》つ指《ゆび》をつく妻、おりつの後ろで頭を下げる娘に、優しい眼差しを向けた吉左衛門が、

「娘の、おこねでございます」

我が家の姫を見てくれと言わんばかりに、紹介した。

さすがは大店の娘とあって、雅《みやび》な着物をまとい、髪飾りも豪華な物を着けている。あたかも大名家の姫君といった身なりで、顔も美しい。

歳が近い源丸は、おこねに目を奪われ、離せなくなっていた。

「父御《ちちご》はむろんのこと、この家の方々《かたがた》は我らがお守りいたすので、安心されるがよい」

仁丸が言うと、妻と娘は頭を下げ、奥の部屋へ下がった。

娘の美しさに見とれて呆《ほう》けた顔をしている源丸はともかく、仁丸は、立ち去る娘の後ろ姿と、それを見送る吉左衛門の横顔を見て、ほくそ笑んだ。

この日は、何ごともなく一日が終わり、店の者が寝静まった。

仁丸と源丸は、用心棒らしく寝ずの番をしていたのだが、火の番の見廻りも来なくなった朝方に、行動を起こした。

「そろそろ、はじめるとしよう」

仁丸の声にうなずいた源丸は、六畳の部屋から出ると、音もなく廊下を歩み、娘の部屋を捜した。

奥の離れにはおらず、母屋の奥の部屋に行くと、気づかれぬように忍び込み、寝ている者の顔を確かめた。

両親が眠る部屋の隣にいるのかと思いきや、そこに眠っていたのはお付きの女中だった。

気配に気づいて目を開けた女中が、驚いて声をあげようとしたのだが、源丸は口を塞《ふさ》ぎ、

「外に曲者の気配がある。おこね殿を守りたいのだが、どこにいるのだ」

耳元で告げると、女中は抵抗する力を抜いた。

源丸が手を離すと、

「奥の間に」

女中は襖を指差した。

源丸はうなずき、

「共にまいれ」

そう言うと、奥の間に入り、襖を開けたままにしておくと、おこねの枕元に座った。

おこねが目をさまし、驚いて起きようとしたが、

「騒ぐな。曲者に気づかれる」

源丸が言い、女中に襖を閉めさせた。

「お父様とお母様は、どうしておられます」

おこねが、寝間着の胸元を気にしながら、不安そうに言った。

「兄上が守っている。ここはそれがしが守るゆえ、安心いたせ」

源丸は、おこねと女中を部屋の奥へ行かせ、入口を守るように正座した。

抜刀して庭から駆け上がった仁丸は、吉左衛門夫婦が眠る寝所に入った。

吉左衛門が驚いて、半身を起こした。

「何ごとですか」

「曲者が忍び込んでいたのだ」

「ええっ！」

「逃げ足の速い奴で、それがしに気づくや出ていきおった。裏木戸の閂《かんぬき》を、もっと頑丈な物に替えたほうがいい」

「わかりました。明日替えさせます」

「それから、娘のことだ」

「娘が、どうしましたか！」

何かあったのかとぎょっとする吉左衛門に、仁丸は言った。

「今は弟が守っているが、曲者は五、六人いた。我ら二人では守りきれぬやもしれぬので、安全な場所にいてもらいたいのだが、守りやすい部屋はあるか」

「例えば、どのような……」

「そうだな。中に入りにくい部屋がよい」

「そのような部屋は、ございません」

「そうか……他に何かよい手はないか、朝までに考えておくので、安心して眠ってくれ」

仁丸はそう告げると、おこねの寝所に行って源丸を呼び戻し、警固《けいご》を続けた。

朝になると、仁丸は出された朝餉《あさげ》をとる前に、吉左衛門を呼んだ。

「どうするのが最良か考えたのだが、やはり、離れに隠れるのがいいだろう」

仁丸は話しながら、魚の身を箸《はし》でほぐし、少しだけ口へ運んだ。

ゆっくり食事をする兄弟の姿は、下女たちの注目を集めている。

忙しい商家の奉公人たちは、飯を流し込むように食べることが多いので、兄弟の食べ方が、上品に見えるのだ。

吉左衛門は、仁丸が魚をきれいに食べるのを一瞥《いちべつ》し、訊いた。

「離れですと、お二人の目が届かぬのではないですか」

「弟をそばにつけておく。こちらの守りは、人数を増やすしかあるまい。あと二人、それがしの知り合いに頼んでみよう」

「お願いできるのですか」

「うむ。ただし、給金は一日一分ほど、いただくことになる」

「構いません」

「では、今日にも連れてまいるので、寝床を頼む」

「かしこまりました」

「案ずるな。そ奴らが来れば、こちらは四人になる。次こそは、一人でも捕まえて、黒幕を吐かせてやる」

「よろしくお願いします」

「うむ」

仁丸は、手を揃えて頭を下げる吉左衛門にうなずき、妻のおりつに顔を向けた。

「見知らぬ男が二人増えるので、娘御《むすめご》は不安でござろう。顔を見ぬほうがよいと思うので、今日中に離れに移ってもらいたいが、よろしいか」

妻にかわって、吉左衛門が答えた。

「お気遣い、ありがとうございます。では、そうさせていただきます。おりつ、そのように頼むよ」

娘を見ず知らずの者に会わせたくない吉左衛門は、妻に、娘を隠すよう命じた。

そして、おこねはお付きの女中と共に離れに入り、源丸がそばに付き添った。

支度が整ったことを見計らい、仁丸は昼前に出かけた。

そして、夕暮れ時になって戻った仁丸が連れていたのは、芝口近くで佐野屋を襲った二人組である。

仁丸は、佐野屋に入り込むために、手下の竹上と田口《たぐち》を使って、ひと芝居打ったのだ。

覆面をして、ぼろをまとっていた竹上と田口は、清潔な着物と袴《はかま》を着け、仁丸たちと同じように、無頼《ぶらい》の徒《と》には見えなかった。

だが、身なりを変えたとて、これから起こることを知っている二人は、その楽しみを隠しきれずに、不敵な目を吉左衛門に向けた。

吉左衛門は、はっとしたが、それは一瞬のことであり、仁丸から紹介された竹上は、笑みを浮かべた。

「我らが来たからには、もう安心ですぞ。大船に乗ったつもりでいてくだされ」

はきはきと言うので、吉左衛門は安堵《あんど》し、

「よろしく、頼みます」

頭を下げた。

「吉左衛門殿」

仁丸が言った。

「これからのことを相談したいのだが、二人で話せますか」

いったい何ごとかという顔をした吉左衛門だったが、大事なことだと言われて、うなずいた。

「では、奥へまいりましょう」

客間から立ち上がり、人気のない奥へ向かったところで、仁丸は、客間の外の廊下からこちらをうかがう竹上と田口に目配せしてうなずき、吉左衛門のあとに続いて奥の部屋に入ると、障子を閉めた。

そして、爽やかな顔が、恐ろしい形相《ぎょうそう》に変わったのである。

三

吉左衛門は、仁丸の形相が変わったのに気づき、いぶかしげな顔をした。

「お話とは、なんでございましょうか」

「まあ、座れ」

「は、はい」

吉左衛門が、言われるままその場に正座すると、仁丸は吉左衛門の正面に座り、鋭い目を向けた。

背筋が凍るような目つきに、吉左衛門は怯《おび》えた顔をしている。

「これから申し伝えることは、お前一人の胸に秘め、決して他言はならぬ。店の者に話すことも、誰かに気づかれるようなことも、あってはならぬ」

「それは、どういうことでしょうか」

「今日より、この家のあるじはわしだ。蔵の金は、自由に使わせてもらう」

「馬鹿なことをおっしゃいますな。悪い冗談はよしてください」

吉左衛門が言ったが、仁丸の表情は冷徹そのもの。吉左衛門は恐ろしさのあまり、ごくりと喉《のど》を鳴らした。

「ま、まさか、初めから、店を乗っ取る気だったのか」

「さよう。今来た二人は、お前を襲った覆面の浪人だ」

「騙《だま》したのか！」

吉左衛門は、拳《こぶし》をにぎりしめた。

仁丸が黙って見据《みす》えると、吉左衛門は目を泳がせた。

「……芝居に騙されたわたしが馬鹿だった。千両出そう。だから、おとなしく出ていってくれ」

「それでは、ただの物取りだ。顔を見られたからには、皆生かしてはおけぬ」

「待ってくれ。誰にも言わん。番屋にも届けない。だから頼む」

「申したであろう。今日からわしが、この家のあるじだ」

言われてぎょっとする吉左衛門に、仁丸は続けた。

「我らは、あくまで用心棒だ。この先何年、何十年と、この店を守ってやる。今申したことを誰にも気づかれぬように振る舞い、商いもいつもどおりにいたせ」

「そのようなこと、できるはずがない。店の者が異変に気づく」

「お前がいつもどおりにしておれば、気づかれるようなことはない。我らのことをお前が受け入れ、店の者を抑《おさ》えておけば、なんの問題も起きぬ。そうであろう」

「無理だ。必ず知れる」

「やってみなければわかるまい。ただし、店の者が気づき、外に助けを求めた時は、娘と妻の首を即刻、刎《は》ね飛ばす。さよう心得ておれ」

「そ、そんな。娘だけは、娘の命だけは助けてくれ」

「娘を生かすも殺すも、お前次第だ」

恐怖で顔を引きつらせる吉左衛門に、仁丸は顔を寄せた。

「妻と娘には、離れで少々窮屈《きゅうくつ》な暮らしをしてもらわねばならぬが、お前が何も言わなければ、二人が我らを恐れるようなことはない。これまでと変わらぬ暮らしができるのだ」

娘を人質に取られた吉左衛門は、抵抗する気力を失い、うな垂れた。

「わかりました。言うとおりにいたします。そのかわり、娘には指一本触れぬと、約束してくだされ」

「承知した」

仁丸は不敵な笑みを浮かべ、手を差し出した。

「では、とりあえず二百両ほど出してくれ」

「はい」

吉左衛門は、自分の寝所に行き、手箱から二百両を取り出すと、仁丸に差し出した。

仁丸は大金を一瞥し、じろりと吉左衛門を睨むと、唇《くちびる》に笑みを浮かべた。

「店を潰すようなことはせぬゆえ、安心して金儲《かねもう》けに励《はげ》め。互いに、楽しゅう暮らそうではないか。のう、吉左衛門」

屈辱《くつじょく》に目をつむりながらも、両手をついて頭を下げた吉左衛門を見下ろし、仁丸は、手下を呼んだ。

竹上と田口が来ると、二人に五十両ずつ渡してやった。

「話はついた。手荒な真似《まね》はくれぐれもせぬよう、ここではおとなしくしておれ。外に遊びに行くのは交代だ。よいな」

「承知」

「では、今宵はわしが出てくる。二人とも、吉左衛門を見張っておれ」

仁丸はそう命じると、百両を懐に納め、裏口から出かけた。

奉行所の連中に顔を見られぬように覆面を着けると、駕籠を雇い、吉原《よしわら》に走らせた。

そこで、大切に持っていた百両も足して大尽遊《だいじんあそ》びを楽しむと、二百両を一晩で使い果たし、佐野屋に帰った。

吉左衛門は、何ごともなかったように振る舞い、翌朝には、いつもどおりに働いた。

離れにいる妻と娘は、何も知らずにおとなしくしており、源丸が見張り役とも知らずに、女中が運んでくる食事を三人でとり、世間話などをしている。

店の者たちも、仁丸たちが真面目な用心棒だと思い、気軽に話しかけて談笑し、

「旦那方がおられるので盗賊が来ても大丈夫だと、皆で安心しているのですよ」

中には、そんなことを言う手代もいた。

仁丸は、初めに二百両を取ったが、五日過ぎても、十日過ぎても次の催促をせぬし、離れからも、楽しげな娘の笑い声が聞こえてくる。

半月が過ぎる頃になると、吉左衛門は、店を乗っ取られた気がしなくなり、仁

丸兄弟とその手下たちのことを、恐ろしく思わなくなっていた。

二十日後に、

「花見にまいるので、五十両出してもらおう」

久々に仁丸から催促されたが、息を吞《の》むほどの額ではない。

手代が言っていたように、この四人よりも、盗賊のほうが恐ろしいではないか。

少々高い用心棒代だと思えば、吉左衛門にとっては、腹が痛むほどの額ではない。

吉左衛門は自分にそう言い聞かせて、五十両を渡した。

仁丸は出かけずに、竹上という手下の者が出て、朝方帰ってきた。次は何日後かと思っていた吉左衛門であるが、翌日に、また五十両を求められた。

この日は田口、次の日は仁丸、その次の日は源丸。

入れ替わりに遊びに行くたびに五十両が請求され、ひと月後には、金蔵の千両箱がひとつ空になった。

この調子で行けば、二年で身代が潰れる。

帳場でそろばんを弾いていた吉左衛門は、額から流れ落ちた冷や汗が帳面を濡らしたのに驚き、慌《あわ》てて拭《ふ》いた。

「旦那様」

番頭の声に怯えて顔を上げると、その手には帳面が持たれていた。

その帳面は、金蔵にある物を記したもので、吉左衛門は、番頭が残金を調べたのだと思った。

「お前、蔵に入ったのかい」

「はい……それで旦那様、お耳に入れたいことがあるのですが」

番頭がそう言った時、竹上の姿が、吉左衛門の視界に入った。

吉左衛門は番頭を睨むと、帳面を取り上げた。

「なんだ、漏れでもあったのか」

「いえ、そうではなくて、前から頼まれていた扇子が、見当たらないのです」

空の千両箱は一番下に置いてあるので、気づかれていなかった。ほっとした吉左衛門は、扇子のことなどどうでもよくなり、つい声が荒くなった。

「なんだ、そんなことか。誰に頼まれた扇子だ」

「甲州《こうしゅう》様です」

言われて、吉左衛門はぎょっとした。

「まさか、あの、甲州様か」

「はい。甲府《こうふ》藩主の、甲州様です」

──一大事だ。

吉左衛門は、声を失った。

扇子は、富士《ふじ》が描かれた高価な物で、めったにお目にかかれぬ代物。

「あの扇子がないとなると、御納戸役《おなんどやく》の小寺《こでら》様がお怒りになる。下手《へた》をすると、出入り禁止になるかもしれない」

「どうしましょうか」

「決まっているだろう。捜すんだよ」

「はい」

番頭が金蔵に戻ろうとしたので、慌てて止めた。

「待ちなさい。わたしが捜すから、店を頼む」

そう言って、今後いっさい金蔵に入ることを禁じた吉左衛門は、金蔵ではなく、奥の部屋で寝ている仁丸のもとへ向かった。

部屋に入ると、仁丸が富士の絵が見事な扇子を広げて、優雅にあおいでいるではないか。

「それは、そればかりはご勘弁を」

吉左衛門が悲鳴をあげるように言ったのだが、仁丸は動じなかった。

「わしの金蔵にあった物だ。お前にとやかく言われる筋合いはない」

「そ、それは、甲州様にお渡しする大切なお宝です」

一度は将軍になると言われた徳川綱豊《つなとよ》の名を聞き、仁丸は起き上がると、改めて扇子を見た。

「これは、それほどに価値があるのか」

「はい。それがなければ、信用を失って、藩邸に出入りができなくなります」

そう言うと、仁丸が口角《こうかく》を下げて、扇子を見た。

「たかが扇子ではないか」

「たかが扇子、されど扇子。帯刀《たいとう》が許されぬ江戸城殿中《でんちゅう》にお上がりになる大名家にとって、扇子は太刀《たち》のかわりとも言える大切な物。百両でも、お安いほうでございます」

扇屋商人らしく、大仰《おおぎょう》な物言いをする。

仁丸は馬鹿にされたような気分になり、舌打ちをして不快さを露《あら》わにすると、開いた扇子を上に投げた。

その刹那、抜刀して白刃を一閃《いっせん》し、鍔《つば》をぱちりと鳴らして納刀《のうとう》した。

吉左衛門は悲鳴をあげて尻を浮かせ、落ちた扇子に震える両手を差し伸べた。

だが、扇子は無傷だった。

蒼白《そうはく》になっている吉左衛門の顔を見て、仁丸が鼻で笑った。そして、立ち上がると、気晴らしをしてくると言い、百両を要求した。

「扇子を返してやったのだ。出せ」

「は、はい」

吉左衛門は、断れば扇子を斬られると思い、金を渡した。

「蔵には、まだまだ金が余っている。まあ、仲よう暮らそうではないか」

仁丸は吉左衛門の肩を軽くたたくと、高笑いをしながら出かけていった。

扇子を渡すのは二十日後のため、吉左衛門は蔵の奥に納めた。

ほっと息をして、店に戻るために廊下を歩んでいたのだが、笑い声に気づいて目を向けると、吉左衛門は立ち止まった。

娘のおこねと源丸が、離れの縁側に出て、笑いながら話をしているではないか。

しかも、妻のおりつまでもが加わり、楽しげにしている。

今置かれている状況を口にできない吉左衛門は、馴《な》れ馴《な》れしく娘と話をする源丸を睨み、歯を食いしばった。

それに気づいた妻が、声をかけてきた。

「あら、あなた。どうしたのです、恐い顔をして」

吉左衛門は、はっとして前を向くと、

「なんでもない」

そう言って、立ち去った。

気になって振り向くと、源丸がこちらを見ていた。

妻と娘にわからぬように、鋭い目を向け、唇には不敵な笑みを浮かべている。

何も知らぬ娘が話しかけると、源丸は優しい笑みを作り、会話に戻った。

「くそっ」

悔しさを口に出してみたが、何もできない。

店に戻る前に、吉左衛門は上を向き、大きなため息をつくと、表情を明るくして帳場に出た。

すぐに番頭が歩み寄り、どうだったか心配した。

「あったぞ。物陰に落ちていたので、見つからなかったのだろう」

すると、番頭が安堵の息を吐き、帳場に座った。

その番頭の肩越しに、ぱっと花が咲いたような着物姿が見えて、吉左衛門は立ち上がると、上がり框まで出た。

「これはこれは、お琴さん。いらっしゃい」

浅草で評判の小間物屋を営むだけあり、お琴の身なりは美しく、日本橋でも人目を惹《ひ》く。

扇子を見ていた他の客も、お琴に目を奪われていた。

「いつもお世話になっております」

お琴が笑みで言い、品物を見はじめた。

「今日は、どういった物をお探しで」

「涼しそうで明るい色の扇子が欲しいと思い、来たのですが」

「それでしたら、いいのが揃っておりますよ」

上客だけに、吉左衛門が自ら応対した。

品物を並べていると、お琴の背後に藤色の着物を着た侍が立ったのに気づいて、吉左衛門は、初めて見る客に愛想《あいそ》笑いをした。

「お侍様、別の者を呼びますので、少々お待ちを」

「いや、よい」

そう言われて不思議に思っていると、お琴が、自分と一緒に来たのだと教えた。

美しいお琴に浪人が付き添う姿に、娘と源丸の姿が重なって見えた吉左衛門は、お琴に顔を寄せて、小声で言った。

「お琴さん、悪い人に引っかかったのではないでしょうね」

「えっ！」

お琴は驚き、顔を上げた。

新見左近の正体を知らぬ吉左衛門は、こちらに背を向けて売り物の扇子を見ている左近を一瞥し、小声のまま続けた。

「ですから、お連れの方ですよ。ご浪人でしょう」

お琴は、どう答えていいか迷ったが、

「あのお方は、頼りになるお方です。ご心配なく」

にっこりとして言った。

「さようですか。それは、ようございましたな」

お琴の笑みを見た吉左衛門は、余計なことを言ったとあやまり、それ以降は、気落ちしたような声で応対した。

左近と楽しそうにしているお琴を見ていると、何も知らずに囚《とら》われている娘のことが頭に浮かび、胸が締めつけられた。

吉左衛門は、あふれそうになる涙を必死にこらえながら、お琴が気に入りそうな扇子をすすめた。

四

佐野屋を出た左近は、お琴と共に本船町《ほんふなちょう》に行き、徳平《とくへい》の店をのぞいた。

「お二人さん、いらっしゃい。今日は活《い》きのいい鱸《すずき》があるよ」

前歯が抜けた口をにんまりとさせてすすめるので、お琴が左近に訊いた。

「左近様、お刺身はどうですか」

「旨《うま》そうだな。いただこうか」

「はい。徳さん、お願いね」

お琴が言うと、徳平は見事な包丁さばきを見せて、鱸を背割りにしておろしてから、布で包んで水分を取り、清潔な紙に巻いてくれた。

「味が落ちねえよう、家までまっすぐ帰るんだぜ」

そう言って渡してくれたのを受け取り、お琴が徳平に礼を言った。

急いで浅草に帰りながら、左近は、すぐ後ろを歩いているお琴の様子が気になった。佐野屋を出てからずっと、何かを考えているようなのだ。

「佐野屋では、いい買い物ができなかったのか」

左近が後ろに顔を向けて訊くと、お琴は首を横に振る。

「いいえ、気に入った品が手に入りました。明日届くのが楽しみです」

「さようか、それはよかった」

左近が立ち止まると、お琴が不思議そうな顔をした。

「先ほどから考えごとをしているようなので、気になったのだ」

すると、お琴が首をかしげた。

「そうなんです。変なのですよ」

「うむ？」

「佐野屋さんの様子です。なんだか元気がないようでしたから。見かけない人もいましたし」

「それは、浪人風の男のことか」

「はい」

左近は、店に入った時から浪人の存在に気づいていた。奥の廊下の隅に隠れるようにして、様子をうかがう目を向けていたからだ。

「お琴も気づいていたのか」

「佐野屋さんが時々気にされて目を向けておられたので、気づきました。何者でしょうか」

「おそらく、用心棒であろう」

「用心棒？」

「うむ、盗賊に備えて雇ったのであろう。珍しいことではあるまい」

「佐野屋さんは、これまで一度も雇ったことがないはずです。何かあったのでしょうか」

お琴は、あんなに落ち込んだ佐野屋を、見たことがないと言う。

「よからぬことが起きているなら、商いをすまい」

「確かに、そうですよね」

お琴は、まだ浮かぬ顔をしている。

「気になるか」

「はい」

「では、明日品物を届けに来た者に訊いてみてはどうか」

「そうですね。そうしてみます」

左近はうなずき、

「急ごうか」

せっかくの鱸がだめになると言うと、

「いけない」

お琴が、忘れてた、と言って慌てたので、急いで花川戸町に帰った。

翌日、手代の利助が品物を届けに来た際に、品物を確認しながら、お琴がそれとなく様子を訊いたところ、初めは躊躇《ちゅうちょ》していたのだが、お琴さんにならと言って、口を開いた。

「実は、旦那様が命を狙われているのです。浪人たちは、旦那様の命の恩人なのですよ」

襲われた吉左衛門を助けた兄弟を、用心棒として置いているのだと聞き、お琴は、そうだったのかと納得した。

「命を狙う相手に、心当たりがあるのですか」

「それが、まったくわからないのです。このままだと、ずっと用心棒を置くことになるのではないかと、奉公人たちは不安に思っています」

「用心棒がいるのであれば、安心であろう」

左近が訊くと、利助が首をかしげた。

「それはそうなのですが……どうも、旦那様の様子が気になって」

「命を狙われていることで、気が滅入《めい》っているのか」

「ほんとうに、命が狙われているのでしょうか」

「それは、どういうこと？」

お琴が訊くと、利助は考える顔で言った。

あるじの吉左衛門は、誰かに命を狙われて怯えているというよりも、用心棒たちにひどく気を使って、疲れているようだという。

「木村様は、初めは用心棒代はいらないと言われていたのですが、庭掃除をしていた下男によると、旦那様が大金を渡すのを見たと言いますし、近頃は、毎晩のように交代で出かけて、朝方帰ってきます」

「そのことについて、あるじに訊いた者はいないのか」

左近が訊くと、利助はかぶりを振った。

「お金のことは、番頭さんでさえ、口出しが許されませんから」

「大金と申したが、いかほどだ」

「五十両だったそうです」

「五十両！」

お琴が目を見張り、手で口を覆《おお》った。

「驚きですよね。番頭さんも、見間違いではないかと問われましたが、下男は、間違いないと言うのです」

利助が言うと、お琴が問うような顔を左近に向けた。

確かに変だと思った左近は、利助に訊いた。

「用心棒代にしては高すぎるな。命を狙われたことを、奉行所に届けたのか」

「はい」

「奉行所はなんと申した」

「木村様が用心棒に入られたので安心しているのか、命を狙われることについて、何か思い出したら知らせるように言われただけで、近頃は店にも来られなくなりました」

「さようか。店の中で、他に何か変わった様子はないか」

「変わったことといえば、お内儀《ないぎ》様とお嬢様が、離れに移られたきり、表に出てこられないことでしょうか。旦那様は、用心のためだとおっしゃいますが、給仕をする下女以外、お姿を見ていないのです。なんだか閉じ込められているようで可哀そうだと言う者もいますが、旦那様は、命のほうが大事だ、人前に出て襲われたらどうする……と、こう言われまして。木村様の弟を付き人のようにされて、守っておいでなのです」

「命を狙われていることで、用心深くなっているのだろう。あまり気にせぬことだ」

左近が言うと、利助はうなずいた。

「これは、とんだ長居をしてしまいました」

打ち明けてはみたものの、詮無《せんな》いことと思ったか、利助は、つまらぬ話を聞かせたとあやまり、帰っていった。

お琴が、納得のいかぬ顔で首をかしげている。

左近はそれを横目に、立ち上がった。

店の外を掃除していたおよねが中に入り、いぶかしげな顔を向けた。

「あら、もうお帰りですか」

「ちと、用を思い出した」

お琴に、案じるなという目顔を向けると、お琴は左近の胸の内がわかったらしく、唇を引き締めてうなずいた。

店を出た左近は、隣に足を運び、小五郎とかえでの店の戸をたたいた。

すぐに小五郎が戸を開け、軽く頭を下げて招き入れた。

奥の床几《しょうぎ》に座ると、かえでが茶を出し、二人並んで用件を待つ顔をしている。

左近の表情を見て、酒を飲みに来たのではないことを、二人はわかっているのだ。

左近は、さっそく二人に命じた。

「日本橋の佐野屋の様子を探ってくれ。用心棒がいるが、そ奴らはどうも臭《くさ》い。あるじの妻女と娘が離れに囚われているかもしれぬので、抜かりのなきようにな」

「店に潜入しましょうか」

かえでが言うと、左近はかぶりを振った。

「まずは、用心棒の動きを調べてくれ」

「かしこまりました」

小五郎が頭を下げて言うと、かえでにうなずき、共に店から出ていった。

二人と別れた左近は、根津の藩邸に帰っていった。

佐野屋の前に現れた小五郎は、煮売り屋のあるじではなく、商家の若旦那風のなりをしていた。その横に並んだかえでは、派手な着物を色っぽく着て、どこから見ても芸者に見える。

かえでが小五郎の袖を持つと、二人は寄り添って、佐野屋の向かいにある呉服屋に入った。

「この娘に似合う着物が欲しいんだが、合わせてくれるかい」

小五郎が言うと、応じた手代が、かえでを案内して、反物《たんもの》をいくつか出してきた。

かえでは、適当に当ててみては首をかしげて、品定めをした。

小五郎は、他の品を見るふりをして、店の格子窓《こうしまど》から佐野屋を見張った。

人通りが多い表通りにある佐野屋には、途絶えることなく客が出入りし、大変なにぎわいを見せている。

小五郎たちがいる呉服屋も同じで、長居をしても目立つことはなかった。

かえでは粘りに粘り、一刻（約二時間）ほど店にいたのだが、さすがに手代も疲れた顔を見せ、笑顔も引きつっている。

そろそろ見張りに使う店を変えようかと思っていると、佐野屋から浪人風の男が出てきた。

浪人風の客は他にもいたのだが、小五郎は、見張りをはじめてから店に入った客の顔をすべて覚えている。

今出た浪人風の男は、その記憶にない顔だった。

左近が言っていた用心棒に違いなく、小五郎はかえでに目で合図すると、呉服屋から出た。

「いいのがないから、またにするわ」

かえでが、ごめんなさいと言って店を出ると、一刻も相手をした手代は、がっくりと頭を下げて首を横に振り、残念がっている。

この時、佐野屋を出たのは、竹上だった。

追っ手がついたなどとは夢にも思わぬ竹上は、重い懐を確かめるようにしてほくそ笑み、大川に出て舟を雇うと、川上に向かった。

向かった先は、吉原だ。

「ここからは、おれが行く」

小五郎はかえでを帰し、一人で中に入った。

竹上を追っていくと、松葉屋《まつばや》の暖簾《のれん》を潜った。この大見世《おおみせ》は、吉原の中でも高値で知られるだけあり、人気の遊女を数多く輩出《はいしゅつ》している。

小五郎が知っている限りでは、一晩で何十両も落とせる客しか入れぬ見世だ。

入口に立つと、見世の者が顔を出し、値踏みするような目を小五郎に向けた。

商家の若旦那風に変装していたのが功《こう》を奏《そう》したのか、見世の者は打って変わって笑顔を作り、揉《も》み手をしながら言った。

「若旦那、馴染《なじ》みがおいで《で》でございますか」

「いや、そうではないのだ。たった今入ったお人が、顔見知りにそっくりだったのであとを追ってきたんだ。どなたか、ご存じかい」

「お客のことは、言えない決まりなのですよ。若旦那もお忍びでしょうから、そのほうが何かと都合がよろしいのでは？」

「まあ、そうなのだが」

「ほらね。では、ごめんなすって」

「待ってくれ。以前に世話になったお方なら、ここでお礼をしたいと思ったのだよ。なんとか、教えてくれないか」

小五郎が小粒金の包みを袖に入れると、手探りで額を確かめた見世の者が、

「こりゃどうも」

頭を下げて、にんまりとした。

小五郎は男の腕を引っ張り、手を合わせた。

「頼む、教えてくれ」

「あのお方は、竹上様ですよ」

「やっぱりそうだったか。それで、今何をされているか聞いているかい」

「さあ」

「松葉屋で遊べるのだから、結構な仕事をされているのだろうね」

「何をされているかは知りませんが、金離れがいいお客ですので、女将さんが喜んでいますよ」

聞けば、このひと月だけで三百両は使っているという。

「へえ、それは凄い」

「それじゃ、ご案内を」

背を返した見世の者を、小五郎が引き止めた。

「ちょちょちょ、待っておくれよ。ひと月で三百両も使うお大尽をもてなせるような金は持っていないよ。また出直してくるから、このことは竹上さんには黙っていておくれ。恥ずかしいからね」

小粒金をもう一粒にぎらせると、小五郎は決して言わぬよう念を押し、その場から立ち去った。

吉原を出た小五郎は、さらに調べを進めるために、かえでが待つ自分たちの店に帰った。

そして、翌日も佐野屋を見張り、出てきた別の用心棒の跡をつけると、様子を探った。

この日は、仁丸が出かけたのだが、仁丸は両国の料理茶屋に入り、芸者を大勢あげてどんちゃん騒ぎをした。

芸者に化けて潜入したかえでの報告では、花代《はなだい》と称して、二十数名の芸者の前に小判をばらまくと、小判に群《むら》がる芸者を見て、大喜びしていたらしい。

「いけ好かない野郎ですよ」

かえでは、芸者を馬鹿にしていると言い、仁丸を罵《ののし》った。

「やはり、殿が睨まれたとおり、佐野屋では、何かよからぬことが起きているな」

「わたしがご報告に上がります」

「頼む。おれは引き続き佐野屋を見張る。殿にそう伝えてくれ」

「わかりました」

二人は店の前で別れ、夜道へ駆け出した。

そこへ、権八がふらりと現れて、赤い鼻を擦《こす》った。

「あれ、今日も休みだよう。中で乳繰《ちちく》り合《あ》っているのかね」

ふらつく足で腰高障子《こしだかしょうじ》に歩み寄り、指を舐《な》めると、障子に穴を開けて中をのぞいた。

五

「頭《かしら》、この店を食い潰したあと、家の者はどうされるので？」

竹上が、蠟燭の明かりの中で鋭い目を向けて言った。

「やはり、生かしてはおけませんよね」

仁丸が答える前に、田口が言った。

田口は、仁丸を睨むようにして笑みを浮かべ、鯛《たい》の塩焼きを手でつかむと、腹に囓《かじ》りついた。

行儀の悪い食べ方に嫌悪を抱いた仁丸が、無言で見据えた。

すると、田口は目をそらして鯛を置くと、ぐい吞《の》みの酒を干し、ちらりと仁丸を見た。

仁丸は田口を見据えたまま、静かに言った。

「わしはこの店が気に入った。このまま居座るつもりだ」

「食い潰さぬのですか」

「蔵にはたっぷり金があるのだし、このまま商売をさせていれば、生涯いい暮らしができるというものだ」

「まさか、情が移ったのですか」

竹上に言われて、仁丸は無表情で応じた。

「いや、この家で、楽に暮らしたいだけだ。その邪魔をする者は、斬る」

竹上と田口は、顔を見合わせた。

「いつまでも、この暮らしが続けられるとは思いません。潮時《しおどき》を見計らって、残り金を全部奪って逃げたほうが上策と思いますが」

竹上が言うと、仁丸は不敵な笑みを浮かべた。

「金を持って逃げたのでは、盗賊ではないか。追っ手に捕らえられて、獄門《ごくもん》にされるだけだ。このまま用心棒をしていれば、食うには困らぬし、遊ぶこともできる。それでいいではないか」

「は、はあ」

「気に入らぬなら、いつでも出ていけ」

「いや、頭がそうなさるなら、従います」

竹上が言い、田口もうなずいてみせた。

その田口の右に置かれた刀に、仁丸が目線を下げた。

「刀を替えたのか」

「さすがは頭、気づかれましたか」

田口が刀を持ち、仁丸に渡した。

「備前長光《びぜんながみつ》。これを持つのが、それがしの夢でござった」

「ほぉう」

抜刀した仁丸は、刀身を眺《なが》めた。

「見事な太刀だ」

納刀して返してやると、田口が鍔に指をかけて刀を畳に立て、

「よい刀を持つと、試し斬りをしとうなりますよ」

悪人面《づら》をして笑った。

「してみるか」

と、仁丸に言われ、田口の顔から笑みが消えた。

「誰を斬れと言われる」

「あの者は、我らを疑っている。庭の掃除をしながら、様子をうかがっているのだ」

中年のほうの下男だと言われて、田口が、わけを問うた。

「下男の弥八《やはち》だ」


仁丸が目を細めると、竹上が訊いた。

「何か見られたのですか」

「吉左衛門から金を受け取るところを、見ておった」

「それはまずい。誰かに言ったのではないですか」

「案ずるな。手代に言ったようだが、吉左衛門が、使いを頼んだのだと言ってごまかしている」

「ならば、斬らなくてもよいのでは」

竹上が言うと、仁丸はかぶりを振った。

「手代は吉左衛門の言葉を信じているが、下男は疑っているようだ。今日も、離れの様子を探っていたのでな。目障《めざわ》りだ」

「そういうことならば、それがしが、口を封じてやりますよ」

田口が言い、抜刀すると、刀身を見つめてほくそ笑んだ。

仁丸が吉左衛門を呼んだ。

「いかがされました。酒ですか」

「ちと、使いを頼みたい。新橋《しんばし》の袂の屋台蕎麦《やたいそば》を食べとうなったので、店先まで来てもろうてくれぬか」

「屋台の蕎麦屋を、連れてまいれと」

「さよう」

「わかりました。では、行ってまいります」

「待て。お前が行くまでもない。下男の弥八に行かせろ」

「弥八でございますか」

言った吉左衛門が、はっとした。

「まさか、木村様」

「なんだ」

「あのことで、弥八に何かするおつもりですか」

「何もせぬ。蕎麦が食べとうなっただけだ。急げ」

仁丸が語気を強めると、吉左衛門は怯え、すぐに行かせると言って立ち去った。

ほくそ笑んだ田口が、長光を腰に落とし、一足先に出かけた。

吉左衛門が弥八を捜しに台所に行くと、妻のおりつがいた。

「お前、どうしてここに」

離れから出ていることに驚くと、

「源之介様に、お酒を頼まれたのです」

おりつは、下女が酒を用意するのを待っていた。

吉左衛門がその場を去ろうとするのを呼び止め、

「それよりお前様、そろそろ、おこねに外の空気を吸わせてやりたいのですが、いつまで引き籠《こ》もっていなければならないのです」

離れに入って、もう二月《ふたつき》になると、責めるように言われ、吉左衛門は動揺した。

「それはお前、わたしにもわからないよ。命を狙う者がいるのだから、危ないではないか」

「店を開けていても何も起こらないのですから、あきらめたのではないですか」

「だめなものはだめだ！」

吉左衛門は怒鳴り、背を向けて外に出た。

娘の喉元に刃《やいば》を突きつけられているような暮らしをどうにもできぬ己を恨み、きつく目を閉じて、拳を膝に打ちつけた。

「誰か、助けてくれ……」

喉の奥から絞《しぼ》り出すような声を出すと、地べたに膝をついて肩を震わせた。

「旦那様？」

声をかけられて顔を上げると、弥八だった。心配そうな顔をして歩み寄るので、吉左衛門は立ち上がった。

「どうかなされたのですか。具合でもお悪いので？」

「いや、ちょっとつまずいただけだ。それより、お前を捜していたんだ。頼みがあってね」

「なんでしょう」

「芝口まで走ってもらいたい。橋の袂に屋台の蕎麦屋があるから、この金を渡して、連れてきてくれないか」

一分金を渡すと、弥八は素直に受け取った。

「蕎麦屋を、連れてくればいいんですね」

「そうだ。木村様たちが、どうしても食べたいとおっしゃっているから、必ず連れてくるんだよ」

「承知しました」

あるじに忠実な弥八は、なんの疑いも抱かずに応じると、勝手口へ足を向けた。

「弥八」

吉左衛門が呼び止めると、弥八が立ち止まり、振り向いた。

「くれぐれも、気をつけて行くんだよ」

「はい。では」

弥八は頭を下げて、外へ出ていった。

日本橋から芝口までは、店の表の道をまっすぐ南へくだればいい。

弥八は小走りをして、人通りが絶《た》えた夜道を急いだ。

京橋《きようばし》を越えようとした時、南詰から渡ってくる者がいた。

弥八は、ぶつからないように右端に寄り、橋を駆け下りようとした。ところが、相手も同じ側に寄り、行く手を塞いだ。

顔を上げた弥八は、相手が覆面をした侍だと知り、ぎょっとして立ち止まった。

その刹那、侍が刀の鯉口《こいぐち》を切り、抜刀した。

「ひっ」

背を返して逃げようとした弥八を、侍が追ってくるや、刀を振り上げた。背中を斬ろうとしたが、唸りを上げて飛んできた手裏剣が手首に刺さり、侍は呻き声をあげた。

手裏剣を抜き、後ろを振り向いたが、迫りくる黒い影に目を見張り、慌てて刀を振り上げた。

だが、相手が懐に飛び込み、鉄拳を腹に打ち込んだ。

「うえっ」

鳩尾《みぞおち》の急所を突かれた侍は、呻き声をあげて突っ伏すと、そのまま意識を失った。

呆然《ぼうぜん》として見ている弥八に声をかけたのは、小五郎だった。

「危ないところだったな」

「あ、ありがとうございます」

「佐野屋の者だな」

「は、はい」

「こんな夜中に、どこへ行くのだ」

小五郎が訊くと、弥八は、蕎麦屋を連れてくるよう頼まれたと教えた。

「このまま帰ったら危ない。おれと一緒に来な」

「でも……」

「蕎麦のことなら気にするな。どうせ食いやしないんだ」

小五郎はそう言うと、気を失っている侍の覆面を剝《は》いだ。

顔を見た弥八が驚いたので、小五郎は言った。

「見覚えがあるだろう」

「はい。用心棒の、田口様です」

「なぜ命を狙われたと思う」

少し考えた弥八が、はっとして顔を上げた。

「わたしが、いつも様子をうかがっていたからでしょう。この人たちは、旦那様からお金を取っているに違いないと思って」

少々鈍《にぶ》いが純朴《じゅんぼく》な弥八は、あるじの異変に、誰よりも先に気づいていたのだ。

小五郎は、そんな弥八と、捕らえた田口を連れて、根津の藩邸に向かった。そして、目をさました田口に、すべて白状させたのである。

翌朝、仁丸は、田口が戻らぬことに苛立《いらだ》っていた。

仁丸のたくらみを知らぬ吉左衛門は、弥八が戻らぬことを案じて、昨夜から手代たちに捜させていた。

手代の利助が戻り、芝口で商売をしていた蕎麦屋を見つけて尋ねたが、弥八は来ていないという。

その話を盗み聞いて、仁丸は竹上と目を合わせてほくそ笑んだのだが、

「それにしても、田口の奴、どこへ行きおったのだ」

「自慢の刀が刃こぼれでもして、やけ酒でも飲んでいるのではないですか」

竹上が言うと、仁丸が鼻で笑った。

「それを言うなら、刃こぼれした悔しさを、女にぶつけておるのだろう」

「ごもっとも」

「首尾《しゆび》を告げずに遊び呆けるとは、けしからん」

仁丸は、顔をしかめると、あぐらをかいて座った。

「まあ、ひとまず安心ではないですか。次からは、人目に気をつけることです」

竹上に忠告されて、仁丸が睨んだ。

廊下を慌ただしく踏む足音に目を向けると、血相を変えた吉左衛門が来た。

「おそれいりますが、この部屋を今すぐお空けください」

「どうしたのだ」

仁丸の問いに答える前に、慌ただしく入ってきた女中たちに、部屋の掃除を命

じた。

「吉左衛門、何ごとかと訊いておる」

仁丸が再度訊くと、吉左衛門が言った。

「表に、甲州様がおいでなのです。急いでください」

「甲州だと」

仁丸が言い、はっとした。

「徳川綱豊か」

「そうです。急に、扇子を取りに来られたのです」

言っていると、店から番頭が引き止める声がした。

「お待ちを、小寺様、少々お待ちを」

「ええい、殿を外に待たせるとは何ごとだ。早ういたせ」

廊下に中年の侍が現れた。甲府藩御納戸役、小寺正和《まさかず》である。

紋付袴姿《もんつきはかますがた》の小寺は、客間にいた仁丸たちに険しい顔を向け、吉左衛門を急《せ》かした。

「殿はお急ぎだ。今すぐお呼びするので、支度はよい。敷物だけ上座に用意しておけ」

小寺はそう言うと、呼びに行こうとして、

「殿！」

驚いて声をあげると、片膝をついて頭を下げた。

慌てた吉左衛門は、廊下に出て座り、頭を下げた。

将軍の甥《おい》が来るとなると、さすがの仁丸も立ってはおれぬ。竹上と共に廊下に出て、侍らしく、正座して頭を下げてみせた。

葵《あおい》の御紋《ごもん》が入れられた黒染《くろぞめ》の羽織《はおり》に、銀糸《ぎんし》が使われた灰色の袴を着けた左近は、頭を下げる一同を一瞥すると、客間の上座に向かった。

それに合わせて、吉左衛門たちが頭を下げたまま、膝を転じた。

左近が敷物に座ると、庭に大勢の藩士たちが入り、警備を固める態勢を敷いた。

これには、仁丸もどうすることもできず、喉を鳴らして、固唾《かたず》を呑んだ。

「一同の者、苦しゅうない。面《おもて》を上げよ」

左近が言うと、吉左衛門が顔を上げ、あいさつを述べた。

「甲州様には、ご機嫌麗《うるわ》しく、祝着《しゅうちゃく》至極《しごく》に存じまする」

「うむ。そちが、佐野屋吉左衛門か」

「はい」

「扇子のことでは、世話になっておる」

「ははぁ」

「小寺からよい扇子が手に入ったと聞いたので、こうしてまいった」

「中州様においでいただき、佐野屋吉左衛門、子々孫々《ししそんそん》にいたるまでの誉《ほま》れにございます」

「さっそくだが、扇子を見せてもらおう」

「はは、ただ今」

「いや、待て」

左近は、立ち上がろうとした吉左衛門を止めた。

いかにも、たった今思いついたような調子で、

「そちには、美しい娘がおるそうじゃな」

そう言うと、吉左衛門が息を吞み、場の空気が変わった。

「どうなのだ」

「はい、一人娘がおります」

「噂では、そちがめったに人前に出さぬため、運よく顔を見た者は幸せになると

か」

「め、滅相《めつそう》もございませぬ。誰かが、おもしろ半分にからこうたのでございます」

「そう謙遜《けんそん》するな。娘に会わせてくれ」

「は、はい」

「おそれながら、お嬢様は今、風邪《かぜ》をひいております。甲州様にうつしては一大事。今日はご勘弁を」

　口を挟んだ仁丸を、左近は見据えた。

「そちの名は」

「申し遅れました。この家の用心棒をしております、木村仁之介でございます」

「木村」

「はは」

「用心棒ごときに用はない。黙っておれ」

　左近が強い口調で言うと、仁丸は目を泳がせ、頭を下げた。

「は、ははあ」

　仁丸の口を閉じさせた左近は、ふたたび吉左衛門に目を向ける。

「佐野屋」

「はい」

「余《よ》は、次はいつ来るかわからぬ。扇子の礼を、そちの家族にも言いたいのだ。妻女と娘を、これへ」

「し、しかし……」

「佐野屋、殿は登城せねばならぬのだ。早ういたせ」

小寺が急かすと、吉左衛門は顔を引きつらせ、仁丸を見た。

仁丸は、満足すればすぐに帰ると思い、小さくうなずいた。

「ただ今、すぐに」

許しを得た吉左衛門は、離れに走った。

隠れて様子をうかがっていた源丸は、仁丸が許したと吉左衛門に言われて、仕方なく離れに通した。

「お前様、何ごとです」

何も知らない妻に言われて、吉左衛門は、久々に見る娘の手をにぎった。

「甲州様が顔を見たいと仰《おお》せだ。二人とも来なさい」

「まあ！」

驚いたおりつが、おこねの身なりを整えると、手を引いた。

「お待たせいたしました」

吉左衛門が言いながら妻子を連れてくると、左近は、こころの中で安堵の息を吐いた。

「おお、噂どおり、美しい」

左近が柔和《にゆうわ》な顔で言うと、小寺が立ち上がり、

「ささ、三人とも前に出て、殿にごあいさつを」

吉左衛門たちを促《うなが》し、左近の前に行かせた。

三人が、仁丸と竹上から離れたのを見て、左近は小寺に目顔を向けた。

すると小寺が、おとなしく座っている仁丸と竹上の前に立ち、鋭い目で見下ろした。

「悪党ども、観念せい！」

言うや、抜刀して切っ先を向けると、六尺棒《ろくしやくぼう》を持った藩士たちが一斉に動き、たちまちのうちに取り押さえた。

「おのれ！　謀《たばか》ったな！」

仁丸が口を歪《ゆが》めて悔しがったが、大勢の甲府藩士たちに抗《あらが》えるはずもなく、畳に押さえつけられ、縄をかけられた。

それを見た源丸は、兄を捨てて逃げようとしたが、目の前に現れた小五郎に逃げ道を塞がれた。

「どけ!」

抜刀して斬りかかったが、小五郎は手甲《てっこう》で刃を受け、へし折った。

「うっ」

目を見張り、後ずさった源丸は、脇差を抜いて斬りかかったが、小五郎に突き飛ばされ、柱で背中と頭を強打して悶絶《もんぜつ》した。

そこへ藩士たちが駆けつけ、源丸にも縄を打った。

悪党をすべて捕らえ、庭に座らせたところで、外から南町奉行の甲斐庄《かいのしょう》飛騨《ひだの》守《かみ》が駆け込み、仁丸に馬の鞭《むち》を突きつけた。

「貴様らの悪事は、仲間の田口がすべて白状いたした。その罪は明白ゆえ、厳しい沙汰《さた》がくだると覚悟いたせ」

「く、うう。田口め、しくじりおって」

田口が捕らえられていると知り、仁丸が呻いた。

「甲州様の御前である。神妙にいたせ!」

町奉行に言われて、仁丸は観念した。

「おそれ、いりました」

「連れていけ！」

町奉行が命じると、捕り方の同心たちが甲府藩士たちから縄を引き取り、三人の悪党を連れていった。

背を返した町奉行が、左近がいる座敷の前で片膝をつき、頭を下げた。

左近は、町奉行を根津の藩邸に呼び、田口を引き渡すと共に、妻と娘を人質にされている佐野屋を救う手はずを告げていたのだ。

「飛騨守殿、あとはよろしゅう頼むぞ」

左近が言うと、

「はは。では、これにてご無礼つかまつりまする」

顔を上げた町奉行は、左近に笑みでうなずき、立ち去った。

吉左衛門は、狐《きつね》につままれたような顔で左近を見た。

「これ、殿に礼を申さぬか」

小寺に言われて、吉左衛門はようやく声が出た。

「甲州様、まことに、ありがとうございます」

「よかったな、吉左衛門」

「はい」

自分たちが囚われていたことに気づいていなかったおりつとおこねは、吉左衛門からほんとうのことを教えられ、顔を青ざめさせた。

吉左衛門は、左近に訊いた。

「中州様、どうして、おわかりになられたのですか」

今日まで、誰にも気づかれていないと思っていた、と言われ、

「まあ、よいではないか」

お琴とふらりとやってきたことを言う気はさらさらなく、左近はごまかした。

「奉公人に、感謝いたせよ」

左近が庭を示すと、吉左衛門が顔を向けた。

弥八が戻ってきているのを見て、生きていたのかと喜び、庭に駆け下りた。

「殿、皆無事で、ようございましたな」

小寺に言われて、左近はうなずいた。

「では、我らは帰るとしよう」

「お待ちを。今、扇子をお持ちいたします」

吉左衛門に引き止められ、左近は腰を上げるのをやめた。

「そうであったな」

吉左衛門から渡された左近は、扇子を開いた。

厚紙に描かれた富士を眺めた左近は、見事であると言って目を細めた。

「佐野屋」

「はは」

「この扇子に、命を救われたのう」

左近はそう言うと、一旦受け取った扇子を、吉左衛門に下賜《かし》した。

「よ、よろしいのですか」

「うむ。佐野屋の、家宝にするがよい」

第四話　左近、男色《なんしょく》の危機

一

戦人《いくさびと》である武家社会では、女人禁制の戦場《いくさば》におもむいた美少年が、仕《つか》える武将の相手をするのは珍しいことではなかった。

織田信長《おだのぶなが》と森蘭丸《もりらんまる》も男色《なんしょく》の関係であったとされており、徳川第三代将軍家光《いえみつ》の男色も有名だ。

平安《へいあん》時代に流行《はや》りはじめたとされる男色は、僧侶と公家が主であったが、やがて武家社会に広がり、戦国の世にいたっては、敵方の内情を知るために、美少年が敵将と男色の契《ちぎ》りを結び、情報を入手するという策略にも用いられた。

今では、男色は庶民のあいだにも広がり、武家では「衆道《しゅどう》」、歌舞伎《かぶき》では「陰《かげ》間《ま》」と称していた。

日本橋の葭町《よしちょう》は、かつては吉原遊郭《よしわらゆうかく》でにぎわっていたが、明暦《めいれき》の大火以降、浅草に新吉原《しんよしわら》として移転したのち、歌舞伎小屋が建ち並ぶようになり、それに合わせて陰間茶屋《かげまぢゃや》が軒《のき》を連《つら》ねて、若衆《わかしゅ》と言われる美少年が、客の相手をしていた。

葭町の他には、湯島天神の門前町にも陰間茶屋があり、どちらもにぎわいを見せていた。

先に述べた二カ所が有名ではあるが、広い江戸市中には、密《ひそ》かに商売をする陰間茶屋があり、浅草の寺町でも、千之屋《せんのや》という陰間茶屋が、ひっそりと商売をしていた。

千之屋には、十代から二十代前半の若衆がおり、僧侶や武家の者が、お忍びで通っていた。

それだけではなく、部屋のみを貸す商売もしており、人目をはばかりたい商家のあるじと奉公人が、滑り込むように入る姿もある。

新見左近は、谷中からお琴のところに通う際に千之屋の近くを通っているのだが、知る人ぞ知る、という陰間茶屋だけに、名前すら知らなかった。

それゆえ、左近のことをちらりと見て、店がある小道に逃げ込むように入った商人と小僧を気にとめることもなく、寺の土塀《どべい》の上に見える見事な桜の花に目を向けて通り過ぎた。

つい先日、お琴と花見をした左近は、桜の花にお琴の笑顔を重ねてみると、唇《くちびる》に笑みを浮かべて、谷中のぼろ屋敷に歩みを進めた。

「もし、そこのお方」

後ろから声をかけられて、左近は振り向いた。すると、端正《たんせい》な顔立ちの若侍が、笑みを浮かべて左近を見ていた。

空色の着物に薄灰色の袴《はかま》を着けた若侍は、左近の顔を見つめたまま歩み寄り、話しかけた。

「よかったら、わたしの酒の相手をしてくれぬか。むろん、おごらせていただく」

着物の生地《きじ》もよく、大小のこしらえもいい若侍は、さしずめ、大名の子息か、大身《たいしん》旗本の子息のように思えた。

「そこの小道を入ったところに、旨《うま》い酒を飲ませる店があるのだが、一人で飲むのはつまらぬ。どうだ、付き合《お》うてくれぬか」

「悪いが、急いでいる」

左近が断ると、

「さようか……」

若侍は一瞬目を伏せてから、爽《さわ》やかな笑顔を向けた。

「では仕方ない。わたしも、今日は帰るとしよう」

あっさりあきらめて帰る背中を見送った左近は、自分の身なりを見て、食い詰め浪人に思われたのかと、首をかしげた。

この時はその程度のこととしか思わず、左近は谷中の屋敷に帰った。

そして次の日の昼前、お琴のところに行くために屋敷を出ると、

「やあ」

と、声をかけられた。

振り向いた左近は、一瞬、目を見張った。

昨日の、あの若侍だったのだ。

偶然か、それとも、跡をつけられたのか。

命を狙われたことが幾度となくある左近は、警戒した。

若侍は朽《く》ちかけた門を見上げ、奥のぼろ屋敷をのぞき見ると、左近に言った。

「腹が空いておらぬか。よければ、馳走《ちそう》したいのだが」

「昨日今日と、何ゆえおれを誘う」

「深い意味はないのだ。ただ、一人で食うより、二人のほうが旨いので、声をかけた」

爽やかな笑みの奥に何があるのかと、左近は気になった。

「素性《すじょう》も知らぬ者に誘われて、付き合う義理はない」

「まあそう言わずに。こうして声をかけたことも、縁のはじまりではござらぬか。素性は料理屋で話すので、このとおり、受けていただきたい」

懇願《こんがん》されて、左近は、なんとなくではあるが、深いわけがありそうだと思った。

「まあよい。付き合うてやろう」

そう言うと、若侍は喜び、昨日別れた寺町の通りに案内した。

千之屋の暖簾《のれん》を潜《くぐ》ると、中年の女将《おかみ》が出迎えたのだが、笑みはなかった。

「初めてお見かけしますが、どなたかのご紹介ですか」

うかがうような顔を向ける女将に、若侍が答えた。

「名は言えぬが、旨い酒が飲めると聞いたので、来てみたのだ。奥の部屋を使わせてもらいたい」

「奥の部屋でございますか」

女将は、左近の顔を一瞥《いちべつ》すると、若侍を見上げた。

若侍が袖《そで》から出した一両を渡すと、女将は初めて笑みを向けた。

「かしこまりました。ご案内いたします」

怪《あや》しい店だと左近は思ったが、若侍に促《うなが》されるまま、座敷に上がった。

若侍は、落ち着きのない様子で座っている。

程なくして酒肴《しゅこう》が出されると、若侍は左近に酒をすすめた。

左近が杯《さかずき》で受けると、若侍は銚子《ちょうし》を置き、両手を膝《ひざ》に置いて頭を下げた。

「拙者、井上春正《いのうえはるまさ》と申します」

急に態度を変えたので、左近は杯を置いた。

「新見左近だ」

名を告げると、春正は笑みを浮かべた。

「存じております。花川戸町の三島屋に、よく出入りされておられますね」

左近は、自分の正体を知っているのかと思ったが、そうではなさそうだった。

谷中の屋敷を知ったのは、近くに菩提寺《ぼだいじ》があり、墓参りの際に見かけていたのだという。

「して、何ゆえおれを誘うてくれたのだ」

左近が訊《き》くと、春正は顔を赤くしてうつむいた。

「この千之屋のことは、ご存じですか」

「料理屋だと思うておるが」

「ただの料理屋ではないのです」

「うむ？」

「ここは、男色を好む者が集まる店。わたくしはどうしても、あなた様と、ここに来とうございました」

見つめられて、左近は怖気《おじけ》づいた。

「ま、待て。おれは、男色に興味がないのだ」

「そうおっしゃらずに。男色は武士のたしなみ。一度だけ、相手をしていただきたい」

太腿《ふともも》を触られた左近は、その手を払うと後ずさった。

振られた春正は、残念そうにため息をつくと、

「最後に、想い出が欲しかったのです。ご無礼つかまつった」

居住まいを正して、頭を下げた。

もう何もせぬと言うので、左近が座りなおすと、春正が誘ったわけを語りだした。

「わたくしは、旗本の次男ですが、来月、さるお家に婿養子《むこようし》に入ります。相手方は男色を好まぬお家柄ゆえ、以前からお見かけしていた新見様と、最初で最後の、

よい想い出が欲しくて、声をかけました」

自分を好いていたと言われたような気がして、男色を好まぬ左近は、背筋がぞくぞくした。

しかし、男色は悪いことではない。それを許されぬ家に入ることは、男色を好む春正にとっては、辛《つら》いことであろう。

「これまでも、男色一筋であったのか」

「いえ、男もおなごも、一度も経験がございません」

「さようか。許嫁《いいなずけ》とは、会《お》うたことがあるのか」

「いえ、まだでございます」

「許嫁に会えば、心変わりがするやもしれぬ。気を落とさぬことだ」

「…………」

春正は、左近を一瞥してうつむき、返事をしなかった。

左近が安綱《やすつな》をにぎり立ち上がると、春正は畳に両手をつき、今日のことを平あやまりした。

男しか愛せぬ者が婿養子に入るのは、さぞ辛かろうと思った左近ではあるが、これればかりは、どうすることもできぬ。

若侍にかけてやる言葉も見つからず、左近は黙って立ち去った。

部屋を出て、廊下ですれ違った若衆は、目尻に遊女のような赤い紅《べに》をさし、薄化粧をしている。

この店で客を待つ者なのか、左近に流し目を向けると、微笑《ほほえ》んだ。

その美しさは、男色を好む者には鼓動《こどう》を高めるものなのであろうが、左近には、何も響かない。

目を見ぬようにしてすれ違うと、下男が草履《ぞうり》を出すのを待つのも長く感じて、店を出た。

廊下ですれ違った男の化粧の匂いが着物に染みていないか確かめると、左近は、今日は根津の藩邸に戻ることにして、花川戸町に向けていた足を取って返した。

春正に誘われ、何か事情があるのかと気にしてついていったことを後悔した左近は、

「危ないところであった……」

思わず独りごち、苦笑いをした。

祖父の三代将軍家光公が若い頃には、男色を好むあまり世継ぎが生まれず、徳川宗家の行く末を案じた春日局《かすがのつぼね》が、側室を次々と大奥に送り込んだと聞く。

第五代将軍綱吉も、柳沢保明《やなぎさわやすあき》が若き頃に、男色の手を伸ばしていたと、左近の耳には届いている。

聞きたくもない噂《うわさ》を耳に入れる輩《やから》のことなどどうでもいいのだが、柳沢が公儀において発言力を増しつつあることを妬《ねた》み、綱吉に寵愛《ちようあい》されているのは昔のことがあるからだと、噂を流した者がいる。

綱吉は、捨て置けと言って相手にする様子はないが、実力で頭角を現しつつある柳沢には、腹立たしいことだ。

あの男のことだから、いつか仕返しをするのではないかと、左近は案じている。

柳沢のことが頭に浮かび、同時に、廊下ですれ違った若衆の姿が目に浮かんで、二人が絡む姿が脳裏《のうり》をかすめた。

左近は、深い息をすると瞼《まぶた》を閉じ、いらぬことを考えまいとしてかぶりを振った。

気を取り直して足を速め、不忍池《しのばずのいけ》のほとりを歩んでいると、背後から足音がした。

同時に殺気を感じた左近は、安綱の鍔《つば》を押さえて走った。

曲者《くせもの》との間合いを取ったところで振り向くと、覆面を着けた曲者たちが左近を囲み、抜刀《ばっとう》した。

「新見左近と知っての狼藉《ろうぜき》か」

本名を言わずに問うと、曲者は物も言わずに襲ってきた。

曲者の懐《ふところ》に飛び込み、幹竹割《からたけわ》りに打ち下ろされる刃《やいば》をかわした左近は、前から襲ってきた二人目の腕をつかんで受け流すと、もんどり打った曲者が、頭から池に落ちた。

安綱を抜刀し、峰《みね》に返すと、別の曲者が襲ってきた。

袈裟《けさ》懸《が》けに打ち下ろされる刃を弾《はじ》き上げると、刀は曲者の手を離れ、くるくると回って木に突き刺さった。

瞠目《どうもく》した曲者の喉元《のどもと》に安綱の切っ先が突きつけられ、左近が鋭い目を向けている。

「お待ちを、お待ちを！」

上野山《うえのやま》の麓《ふもと》の木陰に隠れていた初老の侍が飛び出してきて、大声をあげて止めた。

すると、これまで殺気立っていた曲者が一斉に刀を引き、納刀《のうとう》した。

左近が安綱を向けている曲者も、一歩下がり、覆面を取った。

月代《さかやき》をきれいに整えた男は、初老の侍と共に、左近に頭を下げた。

初老の侍は、左近の前に来ると、地べたに頭を擦《こす》りつけるようにして頭を下げ、襲ったことを詫《わ》びた。

剣では敵《かな》わぬと知り、急に態度を変えた侍どもに、左近は厳しい目を向けた。

「この狼藉は、何ごとだ」

左近の問いを無視して、初老の侍が叫ぶように言った。

「お願いにござる！　何も言わず、若君と別れてくだされ！　このとおりじゃ！」

両手を合わせて懇願する初老の侍に倣《なら》い、他の侍たちも頭を下げた。

「若君……貴殿らは、人違いをしておろう」

左近が言うと、

「拙者、直参《じきさん》旗本井上家用人、大柳彦次郎《おおやなぎひこじろう》と申す」

初老の侍が名乗った。

「井上……」

苗字《みようじ》を聞き、左近は絶句した。

左近の表情の変化を見逃さなかった大柳は、すがるようにして言った。

「貴殿が、春正様と千之屋に入るところを、見ております。襲うたのは、井上家のためを思うてのこと。若君の縁談のことは、聞いておりましょう」

責めるように問われて、

「聞いておる」

左近は、正直に答えた。

「貴殿も武士の端《はし》くれならば、若君の邪魔をされぬよう、潔《いさぎよ》く身を引いてもらいたい」

「待て待て、おぬしら、勘違いをしておる。おれは、春正殿とそのような仲ではない。昨日初めて会うたばかりだ」

左近が言うと、大柳は懐から袱紗《ふくさ》包《づつ》みを取り出し、左近の足下《あしもと》に広げた。

「二百両ござる。つべこべ申さず、これで別れていただきたい！」

「そのような仲ではないと申しておろう」

左近が言ったが、

「別れてくれ。頼む」

大柳は聞く耳を持たず、拝《おが》み倒した。

何を言っても無駄だと思った左近は、

「あいわかった」

仕方なく応じた。元々そのような仲ではないのだから、ここは嘘《うそ》をついて、安心させるしかないと思ったのだ。

「おお、よかった。よかった」

大柳は目に涙を浮かべて喜び、武士の端くれなら、と前置きをして、約束を必ず守れと念を押すと、金はいらぬと言う左近の声を無視して、他の者を連れて引きあげていった。

不忍池から這《は》い上がった男が、這《ほ》う這《ほ》うの体《てい》であとを追っている。

「なんなのだ、いったい」

ため息をついた左近は、一旦二百両を預かり、根津の屋敷に帰った。

その帰り道に、左近の頭に、ある疑問が浮かんでいた。

春正と千之屋に入ったところを見ていたということは、大柳は、男色に走る春正を見張っているということだ。

しかも、その相手が左近だと決めつけて、命を狙ってきた。

ひょっとすると、春正は監視の目があることに気づいていて、ほんとうの相手の命を守るために、左近に声をかけて千之屋に誘い、身代わりにしようとしたのではないか。

おそらくそうに違いないと思った左近は、大柳が、春正のほんとうの相手を知れば、その者を斬るのではないかと心配になった。

放っておけばいいのだが、それができぬ左近は立ち止まり、二百両を包んだ袱紗をじっと見つめた。

二

左近は、家臣に命じて井上家のことを調べさせた。

旗本の井上は何人かいるのだが、春正のような年頃の息子がいて、近々の縁談が決まっているのは一軒だけだった。

無役だが千三百石の名門で、あるじ寛春《ひろはる》は本丸御殿で何度か会ったことがあり、覚えがある人物だった。

根津の屋敷を出た左近は、神田《かんだ》明神《みょうじん》近くの井上家に足を運んだ。

むろん、浪人新見左近ではなく、甲府藩主、徳川綱豊として訪ねたのだ。

書院の間に通された左近は、寛春からあいさつを受けると、預かっていた二百両を差し出した。

「甲州様、これは……」

問う顔を向ける寛春に、左近は言った。

「そなたの用人から預かった、手切れ金じゃ」

「手切れ金？」

寛春は不思議そうな顔をして言うと、下座に控えている小姓《こしょう》に、用人を呼べと命じた。

程なく廊下に現れた大柳が、左近の顔を見ずに座り、頭を下げた。

「お呼びでございましょうか」

「彦次郎、甲州様に手切れ金と称して二百両渡したそうだが、どういうことだ」

「さて、なんのことでございましょうか？」

大柳は問う顔を上げるや、左近の顔を見て驚愕《きょうがく》した。

「新見左近、おぬし、ここで何をしておる！」

徳川綱豊が来ていることを知っているはずの大柳が、大声をあげた。左近が綱豊とは、思いもしなかったのだ。

大柳の態度に驚いた寛春が、尻を浮かせて怒鳴った。

「たわけ！　甲州様じゃ！」

これには、大柳が愕然《がくぜん》とした。

「ま、まさか……」

大柳は恐れおののき、廊下まで下がって平伏《へいふく》した。

月代を向けて頭を下げる大柳に、寛春がふたたび問いただした。

「甲州様に二百両渡したそうだが、どういうことだ」

大柳は、自分がしでかしたことを素直に白状した。

左近を春正の男色の相手と決めつけて、二百両を渡したと知り、寛春は愕然とした。

「なんたる無礼なことを……」

寛春は左近の下座に下がって、居住まいを正した。

「甲州様、とんだご無礼を。申しわけございませぬ」

平伏する寛春の後ろにいる大柳が、左近に悲壮な顔を向けた。

「皺腹《しわばら》を切って、お詫び申し上げまする」

脇差を抜き、

「ごめん！」

と叫ぶや、切腹しようとした。

「やめい！」

左近の一喝《いっかつ》によって、大柳は動けなくなった。放心した顔をしているところへ寛春が飛びつき、脇差を奪った。

「貴様が腹を切ったところで、甲州様が喜ばれるはずがなかろう！　この大たわけが」

「ははあ」

頭を廊下に擦りつけた大柳に、左近が声をかけた。

「縁談が決まった春正のことを思い、男色の相手を斬ろうとしたのか」

「そ、それは」

「事情は、春正から聞いておる。養子に入る家の者が男色を許さぬゆえ、破談を恐れての所業であろう」

「おそれ、いりましてございます」

大柳が認めると、寛春も頭を下げた。

「相手を消すよう命じたのは、それがしにございます」

左近は、二人を厳しい目で見据《みす》えた。

「余《よ》が斬られていたら、なんとしておったのだ」

「か、考えるだけで、身が震えます」

寛春がそう言うのも当然だ。お忍びとはいえ、甲府藩主を斬れば大変なことになる。

怯《おび》える寛春を見て、これを仕置きとした左近は、

「まあよい。余もお忍びであったゆえ、咎《とが》めはせぬ」

そう言って笑みを浮かべた。

安堵《あんど》の顔をした寛春に、左近は訊いた。

「相手方が男色を嫌うと聞いたが、春正には、決まった男の相手がいるのか」

「それが、わからぬのです」

婿入り先が男色を許さぬ家柄と知り、寛春は息子に確かめたのだが、春正は答えなかったという。

ただ、婿入り先が男色を許さぬと知った日から、浮かぬ顔をして口数が少なくなったので、春正が気を許している家来に確かめさせたところ、好いた男がいると、白状していた。

「相手の名は知らぬ、と言ってとぼけるので、大柳に探らせておったのです」

「男色は、平安の世からあるもの。婿入り先が許さぬからといって、命まで奪うことはなかろう」

「少しでも男色の気《け》があれば、破談にすると言われたのです。そのことを息子に言いましたら、縁談など断る、生涯部屋住みでも構わぬなどと……。想いを断《た》ち切らぬなら相手を斬るとも脅《おど》したのですが、許されぬなら、武士の身分を捨てるなどとたわけたことを言うものですから、つい」

「つい、斬れと命じたか」

「まさか、甲州様を襲うことになろうとは、思いもしておりませんでした」

「寛春殿」

「はは」

「息子の気持ちがわからぬか」

「…………」

寛春は、返答に窮《きゅう》した。

「父親と用人の殺意を知り、春正は好いた男を守るために、余を身代わりにしようとしたのだ」

左近が言うと、寛春と大柳が恐縮した。

「この場に呼び、相手の命を狙わぬと約束してやってはどうか」

「甲州様の御前に息子を呼ぶなど、おそれ多いことでございます」

「構わぬ。余と春正は、陰間茶屋に入った仲ぞ」

寛春が、ぎょっとした。

「お、お戯《たわむ》れを」

「いかにも、戯《ざ》れ言《ごと》じゃ」

左近は笑みを浮かべた。

「余が春正を説得してやろう。呼んでまいれ」

「ははあ」

寛春は、左近が甲府藩主として説得するなら、必ず応じるはずだと言って喜んだ。

控えていた家来に、

「春正をこれへ」

と命じると、家来が春正を呼びに行った。

だが、その家来は、血相を変えて戻ってきた。

「若君が、屋敷を出ていかれました」

「何！　出てはならぬと申しつけておったのだぞ」

「申しわけございませぬ。お止めしたのですが」

家来は顔を殴られたらしく、頰《ほお》を赤くしている。

「ええい、何をしておるのじゃ。男に会いに行ったに違いない。彦次郎、連れ戻せ」

「はは」

「待て」

左近が止め、家来に訊いた。

「春正は、余のことをまだ知らぬな」

「はい」

「うむ。では、余がまいろう。相手の男に事情を話せば、春正のために、わかってくれるやもしれぬ」

「いけませぬ。甲州様にそのようなことをお頼みしたのが、もし上様のお耳に入れば、ただではすみませぬ」

「案ずるな。綱豊ではなく、新見左近としてまいる」

左近はそう言うと、羽織《はおり》と袴を取り、無紋《むもん》の着流し姿になって、供をしていた家来たちを根津に帰し、春正を追った。

寛春も行くと言うので、頭巾《ずきん》で顔を隠させて、表に出た。

「春正は、いつもどこに行っておるのだ」

寛春が大柳に訊くと、浅草だと答えた。

「場所はわかっておりますので、ご案内します」

大柳も行くつもりだったらしく、頭巾を用意していた。

左近は二人とはあいだを空けることにして、案内に従って浅草に向かった。

不忍池にくだって下谷《したや》の広小路《ひろこうじ》を上野山の方角に曲がり、寺町を抜けていった先は、花川戸町だった。

前を歩む大柳が、寛春の手を引いて物陰に隠れた。

左近があとから行くと、

「あそこに……」

大柳が示した先に、春正がいた。

左近は、内心で驚いていた。花川戸町の通りに立っている春正が、落ち着かぬ様子で見ている先には、お琴の店があったからだ。

「いつも、ああしておられるのです」

大柳が、寛春に教えた。

「誰かを待っておるのか」

「それが、わからぬのです。三島屋から出られた甲州様を追っていかれましたので、てっきり、若君のお相手だと思い込んでしまいました」

「甲州様が、あの店から？」

女の客でにぎわうお琴の店から出たことを不思議に思ったのか、寛春が左近を見た。

「余の知り合いが営んでおるのだ」

そう言った時、お琴が客を送って出てきた。

「あれが、女将です」

大柳が言うので、寛春が納得したようにうなずいた。

──甲州様の色恋沙汰《いろこいざた》に興味を抱いてはならぬ。

と言わんばかりに、何も言わぬので、左近も黙っていた。

妙な空気の中で春正を見ていると、突然、物陰に隠れた。

「何をしておるのじゃ」

寛春が眉間《みけん》に皺を寄せ、息子を目で追った。

物陰に隠れた春正が目を向ける先は、大勢の人が行き交《ゆか》っているのだが、その中でも目を惹《ひ》くものがあった。

総髪《そうはつ》を後ろで束《たば》ねた色白の若侍が、颯爽《さっそう》と歩く姿があったのだ。

左近たちの近くを通った際に見えた横顔は、男の目から見ても美しく整ってい
る。

周りを見れば、町の娘たちや、供を連れた武家の女たちも、端正な顔立ちの若
侍に目を奪われていた。

「あれか。あれなのか」

寛春が、興奮した様子で言った。

初めて見たという大柳は、

「あれでしょうな」

納得したように言い、ため息をついた。

「殿……これは、若君をお諫《いさ》めするのは無理ではないかと」

「うぅむ」

若侍の美しさに驚いてしまった二人は、左近に、すがるような目を向けた。

左近は、まずは話してみようと思い、通りに出た。だが、春正は、若侍を目で
追っているだけで、歩み寄らなかった。

若侍は、春正に見られていることにも気づかぬ様子で歩みを進め、三島屋に目

を向けると、そのまま通り過ぎた。

春正は、声をかけようと二、三歩足を踏み出したのだが、ためらいがちに足を止め、目を下に向けた。

「ひょっとすると、片想いか」

寛春が、嬉しげに言った。

「それならば、何も案ずることはない。そうでございましょう、甲州様」

言われて、左近は首をかしげた。

「まあ、あの様子だと、そうであろうな」

若侍は一瞬、春正のことを見たのだが、知っているようには思えない様子で立ち去った。

左近の目にも、春正が片想いをしているとしか見えなかったのだ。

肩を落とし気味にして若侍を見送った春正が、背を返して歩んできた。

左近が歩み寄ると、気づいた春正が、驚いた顔をした。

「新見殿」

左近はうなずき、笑みを浮かべた。

「見ていたぞ。あの若侍が、そなたがほんとうに好いた相手か」

左近の正体も、大柳たちが襲ったことも知らぬ春正は、目をそらして顔を赤くした。

「図星のようだな」

「す、すまぬ。しかし、それがしが勝手に好意を寄せているだけなのだ。名前すら知らぬ」

「さようか」

左近は春正の目を盗み、物陰に隠れている寛春と大柳を見た。

春正が、まだ男色を経験しているのではないことを知り、二人は安堵したらしく、手を合わせてみせた。

こころの中でため息をついた左近は、春正の気持ちを確かめた。

「確かに、男の目から見ても美しい若侍であったな」

「はい」

「そなたは、女には興味がないのか」

「妻になる人のことですか」

「そういうことになる」

「い、いや……」

「興味がないわけではありませんよ。ですが、武家同士の縁組とは、好いた者同士が夫婦になるというものではないでしょう」

「まあ、そうだな」

「夫婦になれば、それなりの情で結ばれるでしょうが、あのお方は違うのです。こころの底から、好いてしまったのです」

「それゆえに、声がかけられないのか」

「怖いのです。新見殿のように、男色を好まぬお人ならば、嫌われてしまいますので」

言った春正が、はっとして言いなおした。

「別にわたしは、床を共にしたいと思うているのではないのです。ただ、あのお方にも、わたしのこの気持ちと同じように想うていただけたら、それで満足なのです」

「心底、惚《ほ》れたということか」

「はい」

「それは、困ったな」

「困りました。父や家のことを思うと、あきらめるほうがいいのですが、ついこうして、足を運んでしまいます。どうすることもできぬのです」

春正はそう言うと頭を下げ、辛そうな顔を見せまいとして立ち去った。

物陰から出てきた寛春が、駆け去る息子を見て、左近に助けを求めるように言った。

「甲州様、いかがいたせばよろしいでしょうか」

——知らぬ。

と言いたいところだが、左近は言葉を呑《の》み込んだ。

「片想いをしているのだ。こればかりは、本人の気持ちが変わるのを待つしかあるまい」

左近はそう言って、二人に背を向けた。

三

翌日、根津の藩邸にいた左近は、春正のことなど忘れて、藩政に勤《いそ》しんでいた。

ところが、春正の父寛春が、どうしても話を聞いてくれと言って、押しかけてきた。

同席すると言う側近の者を控えさせ、一人で書院の間に行くと、寛春が、今にも泣きそうな顔で頭を下げた。

「甲州様、お願いでございます。今一度、春正めを叱《しか》っていただけませぬか」

「いかがしたのだ」

「春正が、婿に入らぬと言いはじめたのでございます」

「あの若侍のことを、あきらめきれぬか」

「我が子ながら、情けないことでございます。声もようかけぬくせに」

「人を好くという気持ちは、周りが反対すればするほど強うなることもあろう。手に入らぬと思えば、手に入れたいと思う気持ちが強くなる。しばらく、そっとしてやったらどうか」

「これまで黙っておりましたが、息子の縁談は、上様から頂戴《ちょうだい》したご縁なのです」

「上様に……」

「はい。それを破談にしたとあっては、上様のお怒りを買うは必定《ひつじょう》。井上家の先はございませぬ」

　今朝も先方の使いが来て、縁談のことは抜かりのないよう頼んだという。

　井上家が春正のことで気を揉《も》んでいることが伝わったのか、使者は確かめるように、いろいろと質問もしてきた。

特に、男色のことでは、噂すらも立たぬようにと、念を押したらしい。

「どうやら、相手は知っておるようだな」

左近が言うと、寛春は不安そうな顔をした。

「やはり、そう思われますか」

「春正の身辺を、探られたのかもしれぬ」

「では、甲州様をお誘いした時にも……」

左近に遠慮して、見られたのではないかとは言わず、言葉を濁《にご》した。

「縁組の相手は、誰なのだ」

「先方は、旗本、丹羅《にら》家でございます。八百石ながら、当主の元右衛門《げんえもん》殿は、勘定方《じょうかた》のお役目に就《つ》かれ、上様からの覚えもめでたいお方」

井上家との縁組が決まったのは、世継ぎに悩む元右衛門のことを聞いた綱吉が、今は無役だが、家康《いえやす》公の代から続く名門井上家の次男を婿養子にするよう、持ちかけたからである。

「であれば、祝言《しゅうげん》の日延《ひの》べもできぬな」

「そこで、甲州様のお力をお借りしたく、まかりこしました」

「春正を説得したところで、心変わりするとは思えぬが」

「甲州様のご命令ならば、必ず聞きます」

「余が申しても、耳に入るまい」

「いいえ、聞きます。厚かましいことは重々承知しておりますが、春正が甲州様にお声をかけたのも、家康公と共に戦場を駆け抜けた先祖が導いたとしか思えませぬ。どうか、どうか、井上家を、春正めを、お救いください」

先祖のことまで持ち出し、なりふり構わず頼んでくる寛春に、左近は呆《あき》れて、怒る気にもなれなかった。

追い返してもいいのだが、綱吉が取り持つ縁となると、男色を理由に破談ともなれば、井上家だけでなく、丹羅家にも累《るい》が及ぶであろう。

綱吉が機嫌をそこねれば、直参旗本は生きていけぬのだ。

「丹羅元右衛門に、正直に話してみてはどうか。これは上様が仲人《なこうど》をされる縁談だ。男色を理由に破談にはすまい」

「いえ、元右衛門殿は、腹を切ってでも、男色を好む者を婿にはしませぬ」

「そこまで男色を嫌う理由があるのか」

「丹羅家の家訓に、男色を禁ずるとあるのです。元右衛門殿が申しますには、家光公に仕えていた先々代が、主君に倣って男色に溺《おぼ》れて子宝に恵まれず、血筋が絶《た》えているのです。先代が親戚から養子に入り、丹羅家の断絶は免《まぬが》れたのですが、二千石の領地を八百石に減らされたことを教訓に、先々代が考えを改め、家訓を遺《のこ》したと聞いております」

「なるほど。そのようなことがあったのならば、男色を恐れるのは当然じゃ」

左近は腕組みをして考えた。

寛春は、左近が答えを出すのを待っている。完全に頼るつもりなのだ。

「春正は、屋敷におるのか」

「はい」

「では、これへ連れてまいれ。余が申しつけてやろう」

「ありがたき幸せ。すぐに、呼んでまいります」

腰を上げて、いそいそと帰った寛春は、一刻(約二時間)も経《た》たないうちに戻ってきた。春正を連れているのかと思いきや、逃げられたという。

「申しわけございませぬ。家中の者の目を盗み、出かけておりました」

左近は、浅草に行ったに違いないと思い、

「では、まいろう」

そう言うと、藤色の単《ひとえ》に着替え、藩邸を出ようとした。そこへ、井上家用人の大柳が駆けつけ、二人の前で膝に両手をつき、息を切らして報告した。

「と、殿、一大事でございます」

「なんじゃ、何があった」

春正が何かしたのかと訊くと、大柳が大きな息をして呼吸を整え、顔を上げた。

「丹羅様が、おいでになりました」

「今朝使者が来たばかりだというのに、何用だ」

「それが、用件を申されませぬ。若君にも、同席願いたいとのことです」

「さては、春正のことを、直々《じきじき》に確かめにまいったか」

「いかがなされますか。若君はおられませぬ」

「わしは甲州様と用がある。出直すよう申し伝えよ」

寛春はそう言うと、左近を促した。

「さ、甲州様、まいりましょう」

「よいのか」

「どのみち、息子がおらぬのです。会うても無駄でしょう。さ、お願いいたします」

「うむ」

左近は、不安そうな顔をする大柳と別れて、寛春と共に浅草に足を運んだ。

花川戸町に行ったのだが、お琴の店の前に春正の姿はなかった。

「行き違いになったか」

左近が言うと、寛春は団子屋や料理屋など周囲の店を片っ端からのぞき、さらには人混みの中を歩き回って、必死に息子を捜した。

見かねた左近が、戻っているかもしれぬので屋敷に行こうと言うと、寛春は恐縮して頭を下げた。

二人して神田の井上家に行ったのだが、春正は帰っていなかった。

「丹羅殿は、いかがした」

寛春が大柳に訊くと、

「甲州様と会われていることを告げますと、驚かれておりましたが、出直すと申されて、帰られました」

大柳は、書院の間の上座に着く左近を見て、助かったと言い、頭を下げた。

寛春が左近に両手をついた。

「甲州様……今日は、わたくしめのような者にお付き合いくださり、まことに申しわけございませぬ。このご恩は、決して忘れませぬ」

「何もしておらぬ」

「そう思うていただけるなら、今少し、お付き合いくださりませ」

言うや、酒肴の支度を命じた。

寛春も、なかなかの狸《たぬき》である。

春正が戻るまで、左近を引き止める魂胆《こんたん》なのだ。

「余は帰るぞ」

左近が立ち上がると、

「今少し、今少しだけ、お付き合いいただきますよう、願いたてまつりまする」

大仰《おおぎょう》に言い、足下に平伏した。

懇願されて、左近は仕方なく座りなおした。

「ありがとうございます。すぐに酒肴を用意いたしますので」

「気を使わずともよい。それより、浅草以外で立ち寄る場所に、心当たりはないのか」

左近が訊くと、寛春も大柳も、見当もつかないと言って、かぶりを振った。

程なく、女中が酒肴を載せた膳《ぜん》を持ってくると、左近の前に並べた。すすめられるまま酌《しゃく》を受け、春正の帰りを待ったのだが、日が暮れて、夜が更《ふ》けても、帰ってこなかった。

夜中になった頃合いを見て、左近は安綱をにぎって立ち上がった。

「明日出直してくる」

「め、滅相《めっそう》もございませぬ。こちらから、おうかがいいたしまする」

「よい。今宵《こよい》は、藩邸に戻らぬゆえな」

左近は井上家を辞すると、谷中のぼろ屋敷に帰った。


この時、春正は、祝言の日が過ぎるまで屋敷には戻らぬ覚悟で、牛込御門外《うしごめごもんがい》の坂を上り、毘沙門天《びしやもんてん》で知られる善國寺《ぜんこくじ》の門前にある、道場仲間の家に入り込んでいた。

あるじ高木右京《たかぎうきよう》は、まだ二十歳《はたち》の若者であるが、病《やまい》に倒れた父親にかわって二百石の家督《かとく》を継ぎ、妻を娶《めと》って家を盛り立てている。真面目を絵に描いたような旗本だ。

幼《おさな》き頃から小石川《こいしかわ》の糸塚《いとづか》道場に剣術を習いに通っていた春正は、年上の高木を兄と慕《した》い、高木も面倒をよく見ていたので、今でも頼りにしているのだ。

父寛春と用人の大柳が高木のことを知らぬのは、幼い頃の春正に、目を向けていなかったからだ。

寛春と大柳の目は、次男の春正より、長男の春成《はるしげ》に向けられていたのである。通わせた道場も、春成と春正は違っていて、当然のように、春成のほうが格上の道場に通い、春正は、当時は名が知られていない、若い師範のもとに通っていたのだ。

久々に訪れた春正を、高木は大喜びで迎えてくれた。

だが、春正が悩みのすべてを打ち明けると、高木は顔を曇らせた。

「それで出てきたのか」

「はい。しばらく、泊めてください」

すると、高木が眉間に皺を寄せ、春正を睨《にら》んだ。

「一晩だけ泊まっていけ」

「高木さん……」

「上様の縁談を断るなど、お前は馬鹿か」

「…………」

「上様の逆鱗《げきりん》に触れたら、井上家はどのようなことになるか、想像できよう。祝言までお前を泊めていたことが知れてみろ、わしも咎められるではないか。わしはな、昔とは違うのだ。この家と、家族を守らねばならんのだ。こちらに火の粉《こ》を降らさんでくれ」

厳しく言われて、一日たりとも泊めてもらうわけにはいかぬと、春正は肩を落とした。

「とんだご迷惑をおかけするところでした。帰ります」

春正がそう言うと、高木が引き止めた。

「一晩泊まれと言ったはずだ」

「いえ、よいのです。行くあては、他にありますので」

春正は頭を下げて、高木家を出た。

夜道を歩いて向かったのは、浅草だった。あの若侍に対する想いを抑《おさ》えきれなくなっていた春正であるが、高木の変わりようにも衝撃を受け、同時に、妻女の慎《つつ》ましさに、胸を打たれていた。

妻を持つということは、あのように、男を強くするのか。

兄と慕っていた高木は、軟弱なところがあり、春正の言うことなら、なんでも聞いてくれていた。

それが、別人のようになっていた。

家を守り、家族を守るということは、人を強くするのだ。

それにくらべて、自分はどうか。

結ばれることのない若侍に懸想《けそう》し、家を飛び出した。

婿に入り、八百石の家を守るのは、立派なことではないか。

考えを改めて、家に足を向けたが、すぐに立ち止まった。あの若侍のことが、頭に浮かんだのだ。

――どうしても、忘れられぬ。

「ならば――」

と、独りごち、浅草にふたたび足を向けた。

この時、春正の中で、何かが変わった。あの若侍に、自分の胸の内を明かして拒《こば》まれた時は、潔くあきらめようと、腹に決めたのだ。

四

谷中から浅草に向かった新見左近は、小五郎とかえでの店で朝餉《あさげ》をすませ、お琴のところに行こうと店を出た。

すると、お琴の店の向かいにある団子屋にいる、春正を見つけた。

春正は左近には気づかず、通りを行き交う人たちを見ていた。

その表情は暗く、思いつめた顔をしている。

左近は声をかけようと歩み寄ったのだが、春正は店の者に呼ばれて奥に引っ込んだ。

あとを追って団子屋に入ろうとすると、

「甲州様」

声をかけられて立ち止まった。

寛春が頭巾を取り、頭を下げた。

左近は人目を気にして、顔を上げさせた。

「余はお忍びじゃ。その呼び方はよせ」

「では、なんとお呼びを」

「新見左近でよい」

「はは」

「春正を捜しに来たのか」

「はい。どこにおるのか、昨夜は帰りませんでした」

「心配いらぬ。この店におる」

「ええっ？」

こんなところにという顔で、寛春が団子屋を見上げた。

二階建ての店の幅は二間《けん》（約三・六メートル）ほどでしかなく、建物も古びていて、隣の店にくらべると、やや傾《かたむ》いている。

それでも、団子の味が評判で、客足は多い。

寛春は、腰から刀を鞘《さや》ごと抜くと、

「ごめん」

声をかけて中に入った。

あるじの悟六《ごろく》が景気のいい声で迎えると、女房の千佳《ちか》が明るい顔を向け、

「いらっしゃいまし。お好きなところへどうぞ」

緋毛氈《ひもうせん》を敷いた長床几《ながしようぎ》を示すのにうなずいた寛春が、店の中を見回して訊いた。

「若い侍が来ておると聞いて来たのだが」

すると、千佳がうかがうような目を向けた。

「あなた様は？」

「父親だ」

寛春が言った時、左近が店の中に入ってきた。

「あら、旦那のお連れの方でしたか」

「うむ」

左近が返事をすると、千佳は、二階にいると教えてくれた。

寛春が先に階段のほうに向かうと、千佳が左近を呼び止め、小声で言った。

「朝から居座っておられて、困っていたんですよう」

「さようであったか」

「連れて帰っていただけると、助かります」

左近はうなずき、二階に上がろうとしたのだが、階段の下で待っていた寛春が、
ここからは一人で行くと告げてきた。

腹に何かを決めていると見えて、昨日とは顔つきが違う。

左近は下で待つことにして、床几に座った。

そこへ千佳が来て、

「大丈夫かね。お若いのは、思いつめているようでしたよ」

心配そうに上を見ると、左近に笑みを向けた。

「旦那、団子でも食べてお待ちなさい」

そう言うと、焼きたての団子と茶を出してくれた。

二階から通りを見ていた春正は、突然入ってきた寛春に、目を丸くした。

「父上！」

寛春は怒った顔でずかずかと歩み寄り、殴るのかと思いきや、

「春正、わしが、おなごの素晴らしさを教えてやる。何も言わずについてまいれ」

息子の手をつかみ、連れて出ようとした。

「お待ちください」

春正は拒んだ。

「どこに行くと言うのです」

手を振り払われた寛春は、ため息をついて、息子を見下ろした。

「吉原だ」

「よ……」

誰もが知る遊郭の名に、春正が愕然として、絶句した。

「お前のこころから、男を追い出してもらうのじゃ。さ、行くぞ」

ふたたび手を引こうとしたが、春正が畳に両手をつき、頭を下げた。

「お許しください」

「春正！」

寛春が怒鳴ったが、春正は、待ってくれと懇願した。

「わたしの想いを告げさせてください。お願いします」

「たわけ！」

「………………」

寛春は、頭を下げたままの春正に諭《さと》すように言った。

「言うて、どうなると言うのだ。あの若侍に、恥《はじ》をかかされたいのか」

すると、春正が顔を上げた。

「父上、ご存じなのですか」

「わしはお前の父ぞ。知っておるに決まっておろう。母上も、お前のことを案じておるのだぞ」

春正は、両親が自分に目を向けていることに驚き、嬉しかったのだが、名も知らぬ想い人のことは曲げる気はなかった。

「わたしは、どうしても、あのお方とお話がしたいのです。この想いを告げてみたいのです」

「告げてどうする」

「そ、それは……」

「あの若侍が、お前のことを受け入れたらどうすると言うのだ」

「ご安心ください。決して、迷惑はおかけしませんので」

「迷惑をかけぬというのが、どういうことかわかっておるのだな」

「はい」

「丹羅家に婿に行くのだな！」

「行きます。そして、あのお方のことも、きっぱりと忘れます。ですから父上、この想いだけは、告げさせてください。片想いのままではいやなのです。どうしても、あのお方の気持ちを確かめてみたいのです」

涙を流す息子を見て、寛春は悲しげな顔をした。

「それほどに、あの若侍のことを想うておるのか」

「……はい」

「女よりも、男のことが好きなのか」

「人を好きになることに、男も女もござりませぬ」

寛春は、息子の顔を見ていたが、長いため息をつき、目を閉じてうつむいた。

「そこまでとは、思わなんだ。もう何も言わぬ。好きにいたせ」

寛春はそう言うと、春正を置いて下へ降りた。

左近の前に来た寛春は、苦笑いを浮かべて頭を下げ、天井に目を向けて言った。

「想いを告げたら、婿に行くと言うてくれました。甲……いえ、新見様には、なんだご迷惑をおかけしましたが、なんとかなりそうです」

それを聞いて、左近は安堵した。

「では、もうよいのだな」

「はい。なんとお詫びしてよいやら」

「構わぬ。では、これで失礼する」

団子屋から出た左近の前を、あの若侍が歩んでいた。

以前見たのと同じ着物と袴を着け、総髪を後ろに束ねている。

颯爽と歩む若侍のことを見ていると、連れがいることに気づいた。

お琴の店の前で立ち止まった若侍が、若い武家の娘を手招きして、呼び寄せたのだ。

楽しそうな顔で歩み寄った武家の娘を促して、若侍はお琴の店に入った。

左近は、二人が恋仲であろうと思い、団子屋の二階を見た。

窓から外を見ていた春正も、二人のことを見ていたらしく、寂しそうな顔をしている。

出てきた寛春もまた、若侍のことを見ていたらしく、

「これで、あきらめがついたでしょう」

失恋したらしたで、息子を哀《あわ》れに思うたのか、悲しそうに言った。

「共に、励《はげ》ましてやろうか」

左近が言うと、寛春が驚いた。

「新見様のことを、話してもよろしいでしょうか。驚きましょうが、あれも侍の端くれ。きっと、喜びましょう」

「うむ。許す」

左近と寛春は、春正が下りてくるのを待った。

程なく、肩を落として、この世の終わりのような顔をした春正が出てくると、左近の顔を見るなり、唇を震わせて、その場にしゃがみ込んでしまった。

「酒でも飲みに行こうか、春正」

左近が肩をたたくと、春正は悲しげな笑みを向けてうなずき、立ち上がった。

歩み出そうとした時、お琴の店から、若侍と武家娘が出てきたので、春正は凍

りついたように足を止め、目を向けている。

若侍が何かを買い与えたのか、武家娘はお琴の店の包み紙を持ち、若侍に嬉しそうな笑みを向け、何ごとか告げた。

二人は、店から出たお琴に見送られて、仲よく肩を並べて蔵前《くらまえ》の方角へと足を向けた。

春正は、それを寂しげな顔で見送っている。

「行こうか」

左近が声をかけた時、すぐ横で、侍が大声をあげた。

「おい、お嬢様がおられたぞ！」

わらわらと侍が駆けつけ、大声をあげた侍が指し示した若侍と武家娘のほうへ駆けていった。

気づいた武家娘が、険しい顔をして立ち止まると、駆けつけた侍たちと、何やら話した。

すると若侍が、侍たちが止めようとするのを聞かず、駆け戻ってきた。

侍たちは追わず、武家娘だけを連れて、歩み去っていった。

若侍は走るのをやめて、武家娘のほうに振り向くと、お琴の店に向かって歩みを進めた。

若侍が、浪人らしき侍とぶつかったのは、お琴の店の前を通り過ぎた時だった。

小五郎とかえでの店から出てきた浪人者と、ぶつかったのだ。

若侍はすぐに頭を下げたのだが、浪人者は酒に酔っているらしく、

「どこを見ておる！」

と、大声をあげた。

若侍はふたたび頭を下げ、立ち去ろうとしたのだが、浪人者に肩をつかまれた。

肩を揺すって手を払ったのが気に入らなかったのか、浪人者が強引に若侍を振り向かせると、拳《こぶし》を振り上げた。

「よさぬか！」

大声をあげた春正を、若侍が見た。だが、同時に拳が振るわれ、不意を突かれた若侍は、気を失って倒れた。

町娘が悲鳴をあげたので、浪人者は人目を気にして逃げ去った。

小五郎が騒ぎを聞いて出てきたのだが、春正はそれより先に、若侍のところに行き、助け起こした。

「大丈夫か。おい、しっかりしろ」

頬をたたいたが、目をさまさない。

左近と寛春が行くと、小五郎が軽く頭を下げた。

「殴った相手はわかっておりますので、番屋に届けておきます」

「うむ」

左近はうなずき、休ませる場所があるかと訊いた。

「あいにく、客でいっぱいです」

煮売り屋は繁盛《はんじよう》し、酔客の声がうるさいほどだった。

左近は春正に手伝わせて、お琴の家に運ぶことにした。

商売の邪魔にならぬよう裏に回ると、自分が使っている部屋に運び、横にさせた。

気を失ったままの若侍は、近くで見ると、色白の美しい肌をしている。

春正は愛《いと》おしげに顔を見ていたが、殴られて腫《は》れた頬に、そっと手を触れた。

「傷を冷やしてやりたいのですが」

「持ってこよう」

春正の頼みを聞き、左近は井戸がある庭に下りた。

釣瓶《つるべ》を落として水を汲《く》んでいると、裏口からお琴が出てきた。

左近がいることに驚き、駆け寄った。

「左近様、そのようなことはわたしが」

慌《あわ》てるので、

「よい。それより、部屋に人を上げている」

表で喧嘩《けんか》があり、気を失った侍を助けていると言うと、お琴は快諾《かいだく》した。

「お医者様を呼びましょうか」

「いや、殴られて気を失っているだけだ。じきに目をさますであろう」

「およねさんが戻ったら、手伝います」

「うむ」

左近は水を入れた盥《たらい》を持ち、部屋に戻った。

五

春正が冷たい水に浸《ひた》した手拭《てぬぐ》いを絞《しぼ》り、恐る恐る若侍の頬に当てた。

若侍は微《かす》かに眉《まゆ》を動かしたが、まだ意識を取り戻さない。

「倒れた時に、打ちどころが悪かったのであろうか」

寛春が言うと、春正が不安そうな顔をして様子をうかがっている。

程なくお琴が来て、左近の後ろに座り、小声で訊いた。

「お怪我《けが》はひどいのですか」

「気を失っているだけだと思うが……」

左近は、小五郎に医者の西川東洋《にしかわとうよう》を呼びに走らせようと思い、腰を浮かせた。

その時、春正が手拭いを頬から額《ひたい》に移したのだが、赤く腫れた頬を見たお琴が、ひどい、と言うと、手を口に当てて痛々しそうな顔をした。

ぶつぶつと文句を言うのを聞いた左近は、立ち上がるのをやめて、お琴に訊きなおした。

「今、なんと申した」

不思議そうな顔をしたお琴が、

「だって、ひどいではないですか、乙女《おとめ》の顔を殴るなんて」

と言うので、左近は驚いた。

寛春が目を見張り、

「女じゃと！」

声をあげると、息子を見た。

春正は、信じられぬという顔でお琴を見ると、若侍に目を向けた。

「このお方が、女……女なのか」

「はい。贔屓《ひいき》にしていただいているお方ですが、いつも男装をして来られるんですよ」

若侍のそばに寄ったお琴が、春正に頭を下げて手拭いを取り、水に浸した。固く絞って、腫れた頰に当てると、若侍が眉間に皺を寄せ、ゆっくりと目を開けた。

ここはどこかというように目を動かし、

「お琴さん」

発した声はか弱く、まさに乙女のものだった。

そして、春正の顔を見て、驚いたように起き上がると、左近たちに気づき、居住まいを正した。

辛そうな顔をして頰を押さえるので、左近が、無理をせずに横になるよう言ったが、

「いえ、もう大丈夫です」

女は応《こた》えると、春正に膝を転じた。

「助けに入っていただき、ありがとうございました」

殴られる前の一瞬のことを、女は覚えていたのだ。

「い、いや……」

春正は、まともに目を合わすこともできぬ様子で、目を伏せた。若侍が女だったとしても、好いた人物が目の前にいるのは、嬉しいことなのであろう。

寛春は左近を見ると、唇に笑みを浮かべた。これを機に、女に目を向けてくれると、喜んでいるのだ。

「殿方の格好をしているから、殴られたのではないですか?」

お琴が手拭いを渡してやり、男装をやめるように言うと、女は、事情があるのだと答えながら、手拭いを頬に当てた。

「何があったのか、よければ話してみぬか」

左近が訊くと、女はうなずいた。

「男子が欲しかった父に男のように育てられたせいか、このほうが歩きやすいのです。それに、この格好だと、一人で歩いても危なくないですから」

たびたび一人で外に出るのは、お琴の店に通うためだという。

お琴が、通ってくれることに礼を言い、でも、と苦言を呈した。

「久美恵《くみえ》さんも、男装は似合わないとおっしゃっていたではないですか。またこのようなことにならないためにも、おやめなさい」

「はい」

女は、素直に応じた。

おそらく、左近たちが若侍の女だと思った娘は、久美恵という友人だったのだろう。

「でも、どうしましょう……お琴さん、顔が腫れていますよね」

「ええ、痣《あざ》になっているわ」

「やだ」

女は、頬をさすった。

「隠せるお化粧がありますか？」

「そうねぇ……」

お琴が女の頬を見た。

「薄くはできると思うけど、完全には隠せないかもしれないわね」

「困ります！」

女が必死な顔で、お琴に助けを求めた。

「近々、祝言があるのです」

「はい。わたし、縁談が決まったのです」

「まあ、それはおめでとう」

お琴が喜び、女の手をにぎった。

「ずっと言ってたものね、早くお婿さんをもらって、子供が欲しいって」

「はい。久美恵の子供を見ていると、もう可愛くて。早くわたしも、あんな子供ができたらいいなと思っているのです」

「それで、お相手はどんな人なの」

「まだわからないのだけど、父上は良縁だと喜んでいますから、旦那様とお会いするのが楽しみなのです」

女はそう言うと、左近や春正がいることに気づいてはっとなり、

「わたくしとしたことが」

夢中になるあまり、はしたないことを言ったと恥ずかしがり、顔を赤くした。

その仕草は、若侍の姿をしていても可愛らしく、お琴は妹に接するように肩を抱き寄せると、頬を寄せた。

「ごめん、痛かった?」

「いえ」

女は明るい笑みを見せたが、恥ずかしいのか、慌てて立ち上がった。

「そろそろ、帰ります」

「大丈夫かしら。目まいがしない？」

お琴が案じると、女は大丈夫だと答えた。そして、春正にもう一度頭を下げて礼を言うと、左近と寛春にも頭を下げ、名も告げずに帰っていった。

お琴が送り出すのを見ていた寛春が、春正に顔を向け、

「どうじゃ、春正。おなごというものは、可愛かろう。子が欲しいと言うただけで、あのように恥ずかしがっておった。あれが、生娘《きむすめ》じゃぞ」

自分が気に入った様子で、同意を求めている。

だが、春正は浮かぬ顔をしていた。

「どうした、春正」

左近が訊くと、春正がため息をついた。

「今となってはどうにもなりませぬが、わたしは結局、男でも女でも、どちらでもよかったのです。あのお方の、颯爽とした姿に惚れていたということが、はっきりとわかりました」

「しかし、人妻になると聞いては、どうにもなりませぬ。きっぱりとあきらめます」

「うむ」

「それでよい」

寛春が言った。

「どうじゃ、気晴らしに吉原へ行くか」

「父上が行きたいだけでございましょう」

「わははは。まあ、そう言うな」

お琴が茶の用意をして戻ってくると、寛春は咳払《せきばら》いをして、吉原の話をやめた。

春正は、相手が女だったものの、初恋と失恋を同時に経験することになり、打ちひしがれて、寂しそうな顔をしている。

それを見かねて、寛春が言った。

「春正、そう落ち込むな。お前は、丹羅家への婿入りが決まっておるのだ。のう、よいか、許嫁の夏美《なつみ》殿は、気立てがようて、心優しい娘と聞くぞ。わしなどは、お前がうらやましいほどじゃ」

「ちょっと待ってください」

茶を淹《い》れていたお琴が、驚いた顔をした。

「いかがした、お琴」

左近が訊くと、お琴が明るい顔を向けた。

「今帰ったお方が、旗本丹羅家の夏美さんですよ」

「何！」

大声をあげたのは、寛春だ。

「お琴殿、まことでござるか」

「そうですよ」

愕然とした寛春が、息子に言った。

「春正、追え、追わぬか」

「はい」

慌てた春正が、庭に駆け下りようとしたのだが、喜びと焦《あせ》りによって、足をもつれさせて転んだ。

「何をしておる。早う追え」

「はい！」

嬉しそうに庭から出ていく姿を見て、寛春が大喜びしている。

「こう……、うははは。こう……」

甲州様と呼ぶのを遠慮するのと、込み上げる笑いをこらえられない寛春は、目に涙を浮かべて春正のことを指差し、くしゃくしゃにした顔を左近に向けた。

左近とお琴は、どちらからともなく顔を見合わせて、くすりと笑った。

のどかな日差しが、縁側を照らしていた日のことである。

本書は２０１４年３月にコスミック・時代文庫
より刊行された作品を加筆訂正したものです。

双葉文庫

さ-38-22

浪人若《ろうにんわか》さま 新見左近《にいみさこん》 決定版《けつていばん》【七】

浅草《あさくさ》の決闘《けつとう》

2022年9月11日　第1刷発行

【著者】

佐々木裕一《ささきゆういち》

【発行者】

箕浦克史

【発行所】

株式会社双葉社

〒162-8540 東京都新宿区東五軒町3番28号

［電話］03-5261-4818(営業部)　03-5261-4868(編集部)

www.futabasha.co.jp(双葉社の書籍・コミックが買えます)

【印刷所】

中央精版印刷株式会社

【製本所】

中央精版印刷株式会社

【フォーマット・デザイン】

日下潤一

ISBN978-4-575-67129-2 C0193

Printed in Japan

佐々木裕一
浪人若さま 新見左近 決定版【一】
闇の剣
長編時代小説

浪人姿で町へ出て許せぬ悪を成敗す。この男の正体はのちの名将軍徳川家宣。剣戟、恋、人情、そして勧善懲悪。傑作王道シリーズ決定版！

佐々木裕一
浪人若さま 新見左近 決定版【二】
雷神斬り
長編時代小説

仇討ちの旅に出た弟子を捜しに江戸に来たという剣術道場のあるじと知り合った左近。事情を聞き、本懐を遂げさせるべく動くのだが——。

佐々木裕一
浪人若さま 新見左近 決定版【三】
おてんば姫の恋
長編時代小説

左近暗殺をくわだてる黒幕の正体がついに明らかに!? そして左近を討ち果たすべく、最強の敵が姿を現す！ 傑作シリーズ決定版第三弾!!

佐々木裕一
浪人若さま 新見左近 決定版【四】
将軍の死
長編時代小説

信頼していた大老酒井雅楽頭の裏切り、慕っていた将軍家綱の死。失意の左近に、最大の危機が迫る！ 人気時代シリーズ決定版第四弾!!

佐々木裕一
浪人若さま 新見左近 決定版【五】
陽炎の宿《しゅく》
長編時代小説

国許の民から訴状が届いた。甲府の村の領民が苛政に苦しんでいると知った左近は極秘でお国入りを果たす。人気シリーズ決定版第五弾!!